PREMIÈRES

CONFIDENCES

PAR

CHARLES FRONTIER

PARIS

E. DENTU, ÉDITEUR

LIBRAIRE DE LA SOCIÉTÉ DES GENS DE LETTRES

PALAIS-ROYAL, 17 ET 19, GALERIE D'ORLÉANS

—

1876

PREMIÈRES

CONFIDENCES

J. Clave, Imprimeur, St Benoit, 7, à Paris

PREMIÈRES
CONFIDENCES

PAR

CHARLES FRONTIER

PARIS

E. DENTU, EDITEUR

LIBRAIRE DE LA SOCIÉTÉ DES GENS DE LETTRES

PALAIS-ROYAL, 17 ET 19, GALERIE D'ORLÉANS

—

1870

PREMIÈRE CONFIDENCE

CONFIDENCES

SOUVENIR

Je m'en vais vous conter l'amoureuse aventure
D'un cœur qui jusque-là n'avait point soupiré,
Et qui par un beau soir, sous un ciel de verdure,
Par un chant féminin se vit transfiguré.

Le héros de ce conte était un philosophe
Qui n'avait jamais fait sa cour qu'à la Raison ;
Mais la Raison est femme : étant de cette étoffe,
Elle lui répondit par une trahison.

Il s'était imposé pour règle de conduite
De ne faire jamais rien qui ne fût sensé;
De ne jamais traîner de maîtresse à sa suite,
Et de n'être jamais d'enfants embarrassé.

Il s'était bien juré que, lui, pour une femme
Il ne ferait jamais la moindre indignité;
Qu'on ne le verrait pas, vrai forçat à la rame,
Amoureux et rêveur, esclave et marié.

Il en avait tant vu de vices en ce monde,
D'ignobles intérêts, de sales passions,
Qu'il en avait grandi dans une horreur profonde
Des hommes, et niait les saintes unions.

Il ne voyait partout que femmes adultères,
Bâtards, maris trompés, amoureux corrupteurs;
Il aurait suspendu ses jugements sévères,
S'il avait conservé ses parents et ses sœurs.

Il eût été contraint, en embrassant sa mère,
De croire à quelque amour honnête sous les cieux;
Et s'il avait connu son brave homme de père,
Peut-être eût-il trouvé l'homme moins vicieux.

Hélas! le pauvre enfant, dans la fleur de son âge,
Il avait tout perdu ce qu'il avait de cher,
Et n'avait recueilli, pour unique héritage,
Qu'un cœur fait pour aimer, dans un siècle de fer.

Mais dans ce cœur lésé, la sombre expérience
Avait un jour versé l'amertume et l'aigreur;
Ainsi que dans un vase une goutte d'essence
Corrompt, en un instant, la plus pure liqueur.

S'il eût eu moins de cœur, il aurait pris à tâche
De venger sa douleur sur la société;
Mais, étant honnête homme, il se serait cru lâche
D'attaquer en duel un squelette éreinté.

Le mépris suffisait à son âme hautaine;
Il tenait pour certain que l'homme est né pervers,
Et n'estimait pas plus notre nature humaine
Qu'un arbre, jusqu'au cœur, couturé par les vers.

Cependant, au milieu de sa misanthropie,
Il arrivait parfois que son cœur lui disait :
« L'homme est comme un esquif, sur la mer en furie,
« Que l'on pourrait sauver si l'on le conduisait :

« Il faudrait faire entendre une voix courageuse
« Crier à pleins poumons : « Ne quittez point le port ;
« Ne vous embarquez point, car la vague est houleuse
« Et semble vous jeter un présage de mort. »

« Ne vous embarquez point, l'espérance est perfide.
« En vain vous vous flattez d'échapper au danger.
« Bien d'autres, avant vous, sans la Raison pour guide,
« Imprudents comme vous, sont allés se noyer. »

Mais l'homme, à tes leçons, se bouche les oreilles,
Pauvre enfant ! tu voudrais le tirer du bourbier !
Va ! paye-lui plutôt quelques chaudes bouteilles,
Afin que dans le mal il puisse s'oublier.

Tu veux le conseiller, il vole à sa ruine ;
Faible roseau, l'orgueil est son unique appui :
Lui, lui, qui n'a pas cru la parole divine,
Croire, sur sa parole, un homme comme lui !

Tu veux le conseiller ? Quelle est donc ton audace,
Enfant ? Toi, né d'hier, lui parler sur ce ton !
Jette donc, en passant, un coup d'œil dans la glace,
Tu verras que tu n'as pas un poil au menton.

Oui, tel est le refrain que le peuple murmure,
En réponse à celui qui veut le corriger ;
Vil esclave envers qui le paye d'imposture,
Tyran envers celui qui voudrait l'amender ;

Comme si le bon sens, pour unique retraite,
Avait les fronts blanchis et courbés par les maux;
Et que la Vérité ne fût point satisfaite,
En ayant pour amants des cœurs jeunes et chauds.

Or, tout en évitant de rien devoir aux hommes,
Il avait dû pourtant se choisir un métier ;
Car, lorsqu'on n'est pas riche, en le siècle où nous sommes,
On doit, comme autrefois, apprendre à travailler.

Le progrès n'a pas dit son dernier mot en France :
Un jour, espérons-le, dans un temps très-prochain,
Personne ne craindra de manquer de pitance,
Grâce aux profusions d'un candidat humain.

Mais, malgré les douceurs de cette perspective,
Il était tous les jours exact à ses travaux;
Car eût-il eu de quoi mener la vie oisive,
Il eût vu dans l'étude un refuge à ses maux.

Il vivait retiré sous un toit solitaire :
Et c'était un miracle étonnant de le voir ;
Et l'on jasait sur lui d'une belle manière,
Car en province il faut de quoi causer le soir.

Son logis consistait en une seule chambre,
Où fenêtre jamais n'avait vu de rideaux ;
Et le lierre en tous temps et le pampre en septembre
Encadraient la maison de verdoyants réseaux.

Quelques modestes fleurs vivaient sous son empire :
C'était son seul plaisir et son unique amour ;
Et leur première larme et leur premier sourire
Étaient le seul impôt qu'il levât chaque jour.

On pouvait voir encor, dans une alcôve sombre,
Un crucifix d'ivoire, à moitié mutilé :
A qui ne reste rien du bonheur que son ombre,
Il reste encore au ciel un Dieu de charité.

Un petit épagneul, à la mine sévère,
Pendant qu'il travaillait, dormait dans un fauteuil;
C'était le seul ami qu'il eût sur cette terre,
Et celui-là pleurait quand il passait le seuil.

On eût dit, à le voir, que la misanthropie
L'avait du genre humain fait aussi l'ennemi;
De son maître il avait pris la mélancolie,
Comme un ami qui souffre aux douleurs d'un ami.

Il ne faisait pas bon lui demander la patte,
Il ne faisait pas bon vouloir le courtiser;
On eût dit qu'il savait que la main qui nous flatte
Est celle-là, souvent, qui voudrait nous briser.

Aussi, dès qu'il voyait une figure humaine,
Sa haine s'annonçait par un sourd grognement;
De même que l'orage, en menaçant la plaine,
Prélude à sa fureur par un long grondement.

Un soir qu'il reposait, couché sur la fenêtre,
D'où l'œil pouvait au loin errer dans un jardin,
Il crut voir, dans la nuit, quelque chose paraître,
Et poussa vers son maître un aboîment soudain.

Mais Lui, qui connaissait sa louable habitude,
Se leva sur-le-champ pour aller le flatter,
Et, comme il ressentait un peu de lassitude,
Auprès de la fenêtre il se prit à rêver.

C'était l'heure ou la terre, un instant recueillie,
Après de longs travaux s'apprête à sommeiller :
Dans les prés, dans les bois, des flots purs d'harmonie
Semblaient vers l'Éternel s'élever et prier,

Et l'*Angelus* pleurait la fin de la journée,
Et les oiseaux chantaient la prière du soir,
Et des fleurs s'exhalait une ivresse embaumée,
Comme un parfum léger montant d'un encensoir.

C'était l'heure où le couple, amoureux et fidèle,
Sous les bosquets, rêveur, s'arrête à soupirer,
L'heure où la main trahit ce que le cœur recèle;
Où le cœur dans le cœur ose enfin s'épancher;

C'était l'heure muette où l'âme recueillie
Pleure en se souvenant de ceux qui ne sont plus!
Un sourire, une larme : ah! c'est toute la vie!
Entre deux infinis nous sommes suspendus.

Tout à coup, des accents qu'envîrait le ciel même
Des marronniers voisins montèrent jusqu'à lui;
Doux accents qui nous font mieux aimer quand on aime,
Et rappellent l'amour, quand l'amour nous a fui.

La lune se leva brillante à l'horizon
Et lui permit de voir une élégante femme;
Il sentit je ne sais quel trouble dans son âme :
C'est ainsi qu'un beau soir il perdit la raison.

Le jour vint qu'il était encore à sa fenêtre;
Il n'avait, de la nuit, pu trouver le sommeil;
Son front était en feu, sa mine à méconnaître :
Jamais il n'avait eu de matin sans réveil!!

Il avait pourtant fait tout ce que l'on peut faire,
Quand le sommeil s'enfuit, pour le mieux retenir :
Il s'était mis à lire un roman populaire;
Mais sa lecture, hélas! n'avait fait que l'aigrir.

Il avait beau vouloir détourner sa pensée
D'un rêve fugitif, d'un souvenir charmant;
Par un coup meurtrier son âme traversée
Ne lui permettait plus de combattre en tombant.

Il jura ses grands dieux de ne plus regarder
Dans ce jardin fatal, d'où lui venait sa peine;
Il jura; mais à peine il venait de jurer,
Qu'à sa fenêtre il vint arroser sa verveine.

Son regard indiscret de ses fleurs s'écarta,
Et vit dans le jardin la belle jeune fille.
A dater de ce jour, son mal s'envenima.
Vous saurez maintenant comment il succomba,
Et comment il obtint d'entrer dans la famille.
C'est à moi, dans ce but, qu'un jour il s'adressa.
Voilà comment d'un rien l'amour l'apprivoisa;
Le reste, c'est à lui maintenant de le dire;
C'est lui qui m'écrivit ce que vous allez lire.

PREMIÈRE LETTRE

Je voudrais être le miroir
Où son image se reflète;
Je voudrais être le boudoir
Qui lui voit faire sa toilette;
Je voudrais être le zéphyr
Qui passe en effleurant sa bouche;

Je voudrais être le plaisir
Qu'un rêve amène sur sa couche;
Je voudrais être le ruban
Qui s'enlace autour de sa taille;
Je voudrais être l'ouragan,
Pour l'enlever comme une paille;
Je voudrais être le soleil,
Pour échauffer sa tête blonde;
Ou bien quelque bon vin vermeil
Qui l'égaye en une seconde;
Je voudrais être le lin blanc
Qui dérobe aux regards ses charmes;
Je voudrais être l'indigent
Qui souffre et fait couler ses larmes;
Je voudrais être le bonheur,
Afin de lui donner ma vie.
Hélas! tais-toi, mon pauvre cœur,
On rit déjà de ta folie.
Il faut te résigner à garder le silence :
L'homme passe sa vie à dompter la douleur ;
Quand on a tout perdu, reste encor l'espérance,
Illusion du cœur.

DEUXIÈME LETTRE

Tu voudrais bien savoir, ami, de quoi je rêve :
Ou du cours de la Bourse, ou du ciel d'Orient ;
Ou si les députés, par hasard, sont en grève.
Tu voudrais bien savoir pourquoi je suis riant.

Tu voudrais bien savoir si d'un gros personnage
Je me trouve aujourd'hui le joyeux héritier ;
Ou bien si quelque belle, entr'ouvrant son corsage,
A laissé dans son sein mon regard s'oublier.

Tu voudrais bien savoir si, dans l'Académie,
J'ai su me faire offrir quelque illustre fauteuil ;
Je ne sais pas assez jouer la comédie
Pour briguer des Quarante un favorable accueil.

Tu voudrais bien savoir quelle est la bonne fée
Qui sur mon jeune front a semé la langueur,
Ou bien si du printemps quelque chaude bouffée
A versé rêverie et amour dans mon cœur.

Je ne te dirai pas qu'elle est jeune et jolie,
Qu'on ne peut égaler la douceur de son chant;
Tu le sais; mais hier, j'en ai l'âme ravie,
Elle a tourné vers moi les yeux en souriant.

TROISIÈME LETTRE

J'arrive, et je la vois : mon cœur bat, ma main tremble,
Et cet air assuré que j'avais en entrant
M'abandonne aussitôt que nous sommes ensemble,
Et je me sens près d'elle un tout petit enfant.
Je voulais, sans détour, lui dire que je l'aime,

Et mettre à nu mon cœur, en lui tendant la main;
Je m'étais fait longtemps la leçon à moi-même,
Afin de me donner courage; mais en vain :
Je rougis, je pâlis, je me trouble à sa vue;
Mon chapeau gauchement circule entre mes doigts;
Je voudrais la quitter, sitôt que je l'ai vue,
Et ne la point quitter aussi; tout à la fois
Je crains de lui déplaire et je voudrais lui plaire,
Et l'appréhension d'être désabusé
Fait que j'ai peur de voir s'éclaircir un mystère
Dont l'explication m'aurait bientôt tué.

Ainsi que la blanche aubépine
Se répand dans l'air embaumé,
Et de la campagne voisine
Attire l'insecte doré;

Comme la blanche tourterelle
Au chant plaintif et caressant
Attire dans son nid près d'elle
L'oiseau qui l'écoute en pleurant,

La douceur de son chant m'attire et me captive.
Mais rien que d'y songer, ma douleur se ravive ;
Car peut-être qu'un jour un autre l'obtiendra,
Et qu'à jamais pour moi son cœur se fermera.

MÉDITATION

Seigneur, vous qui m'avez créé pour vous connaître,
Vous dont tout l'univers raconte la splendeur,
Non, jamais je n'ai vu votre gloire paraître
        Plus douce pour mon cœur :

Elle a chanté l'*Ave*, ce soir, à la chapelle
A de pareils accents se peut-il qu'on soit sourd?
Et se peut-il, grand Dieu! que l'âme soit mortelle,
        L'âme de tant d'amour?

Elle a chanté, ce soir; j'étais assis près d'elle;
Et, quand elle eut prié, je lui pressai la main,
Puis il fallut se dire au seuil de la chapelle :
« Adieu, jusqu'à demain! »

Jusqu'à demain, hélas! quand brillera l'aurore?
Le sommeil irrité loin de mes yeux s'enfuit;
Ivre d'amour, mon sang me brûle et me dévore,
Quel rêve me poursuit?

Quel cantique divin! quelle voix fraîche et pure!
La pâleur de ce front et l'éclat de ces yeux;
Ce profil délicat, sous cette voûte obscure,
L'orgue aux sons douloureux,

Et l'écho répondant du fond du sanctuaire
Les soupirs des oiseaux qui s'endorment bercés
Par le rhythme sacré sous ce toit tutélaire.
Elle prie; écoutez :

« Nos cœurs se sont unis dans la même prière;
Faites, Seigneur, qu'ils soient à jamais confondus.
Mon Dieu! si le bonheur peut vivre sur la terre,
Faites-nous vos élus. »

Les anges, attirés par cette mélodie,
Descendirent du ciel quand sa voix résonna,
Et, la voyant prier si jeune et si jolie,
Chantèrent *hosanna!*

L'impur Démon, lui-même, entendant une femme,
Sourit dans son enfer, croyant avoir beau jeu;
Il traverse les airs d'un coup d'aile, et réclame
Son entrée au saint lieu.

Mais, quand il distingua ces notes angéliques,
Il tourna les talons et rugit de fureur,
Emportant, pour tout gain, dans ses crocs impudiques,
L'âme d'un auditeur.

QUATRIÈME LETTRE

Sur un cou svelte et blanc, la pudeur et l'amour
Avaient mis à l'envi les plus charmantes choses;
Tel le printemps vient faire à l'aurore sa cour
En semant sous ses pas les jasmins et les roses.
Ses yeux étaient voilés d'une douce langueur;
Et l'azur le plus pur était moins pur encore
Que leur regard profond où se noyait le cœur;
Ses blonds cheveux brillaient des couleurs de l'aurore;
Une abeille amoureuse eût pris pour une fleur
Sa lèvre que toujours entr'ouvrait un sourire.
Si le ciel eût voulu que je fusse empereur,
Je croirais peu donner que de donner l'empire,
Afin de vous savoir dessiner le portrait
De ce charmant visage, où, comme dans du lait,
La nature à la joue avait mis une mouche,
Et qui mérite bien que sa beauté vous touche.

Elle avait le front vaste, et jamais le souci
N'avait sur ce beau front formé le moindre pli;
Comme en un trône d'or y siégeait la pensée,
Calme et pure, toujours sereine et reposée;
Comme un frisson sur l'eau la douleur y glissait;
Un cœur sensible et bon vibrait sous son corsage.
Je lui dis en tremblant comme elle me troublait :
Nos lèvres... Je ne pus en dire davantage.

. . . .

Lorsqu'il eut fait sa cour encore une semaine,
Il put enfin toucher au comble de ses vœux :
Il n'en voulait plus tant à la nature humaine,
A laquelle il devait son bonheur amoureux.

Il avait bien juré que, lui, pour une femme
Il ne ferait jamais la moindre indignité;
Et pourtant on l'a vu, non forçat à la rame,
Mais amoureux, rêveur, et même marié.

Ainsi se termina l'amoureuse aventure
D'un cœur qui jusque-là n'avait point soupiré,
Et qui, par un beau soir, sous un ciel de verdure,
Par un chant féminin se vit transfiguré.

12 juin 1869.

DEUXIÈME CONFIDENCE

I

AMOUREUX

—

HENRI.

T'en souvient-il? mon cher, nous n'avions pas vingt ans,
Nous étions au collége, et souvent le dimanche,
Au lieu de t'en aller tout droit chez tes parents,
Tu voulais passer sous les fenêtres de Blanche :
Ami, t'en souvient-il? tu n'avais pas vingt ans!

ÉMILE.

Ami, t'en souvient-il? lorsque de Madeleine
Il m'arrivait chez toi de prononcer le nom,
Ton front s'illuminait d'une rougeur soudaine
Tu n'avais pas encor cette barbe au menton.

T'en souvient-il, Henri? quand la fièvre amoureuse
Souriait et pleurait dans nos vers impuissants,
Que notre bouche, encore enfantine et peureuse,
Essayait d'épeler quelques mots caressants;
Nous nous étions juré d'aimer notre espérance;
La joie et la douleur, tout était en commun;
Si je souffrais, ton cœur partageait ma souffrance;
Double était le plaisir, quand il t'en venait un.
Qu'ils étaient beaux, Henri, ces jours de notre enfance!

HENRI.

Il m'en souvient encor : que de petits bouquets
Dans nos bourses d'enfants firent un vide immense!

ÉMILE.

Nous nous privions de tout pour offrir des muguets.

HENRI.

Les recettes étaient moindres que la dépense.

ÉMILE.

Et parfois il fallait emprunter quelques sous...

HENRI.

Quand je dis que la femme est la cause des dettes!

ÉMILE.

A des cœurs moins épris, plus fortunés que nous.

HENRI.

Cigares et gâteaux, vous passiez en fleurettes.

ÉMILE.

Mais comme d'un sourire on était bien payé!
Comme on se redressait le dimanche à l'église,
Quand celle qu'on aimait, près de sa mère assise,
Entre le ciel et moi réglait sa piété!
Ses grands yeux bleus portaient l'empreinte de ses rêves,
Ils paraissaient encor baignés de volupté;
Ses prières, je crois, devaient être bien brèves,
Car elle regardait toujours de mon côté.

HENRI.

Lorsque j'allais au bois retrouver Madeleine,
Nous menions nos chevaux par les petits sentiers,
Et souvent nous piquions des deux, à perdre haleine;
Car son père, assez vieux, nous suivait avec peine,
Et nos secrets charmants n'étaient plus épiés.

ÉMILE.

Ma Blanche travaillait tout le jour à l'aiguille;
Je m'accoudais près d'elle, et je la contemplais
Pendant qu'elle gagnait le pain de la famille.
Si tu savais, ami, comme elle était gentille,
L'œil creusé par la veille, et le regard qui brille!
Quand sa petite sœur jouait auprès de nous,
Blanche, en me regardant, l'embrassait, et la place
Où sa lèvre posait, me rendait si jaloux
Que j'attirais soudain l'enfant sur mes genoux,
Et ma lèvre posait sur son humide trace.
Il arrivait souvent aussi que je lisais,
Et qu'au son de ma voix sa grand'mère bercée,
Dans le fauteuil à bras, près de la cheminée,
S'endormait; et Dieu sait si je continuais.

HENRI.

Quand, sur le boulevard, je passais avec elle,
Il me semblait toujours que l'on me regardait,
Et tout autour de moi, que l'on se répétait :
L'heureux jeune' homme, avec la belle demoiselle!

ÉMILE.

Lorsque je rencontrais Blanche, en me promenant,

La rougeur aussitôt me montait au visage ;
Son cœur de palpiter à rompre son corsage,
Et ceux qui nous voyaient passaient en souriant.

HENRI.

Madeleine aimait ceux qui portent la moustache :
Aussi me suis-je mis à prendre un air bravache.
Madeleine donnait un peu dans le gandin :
J'ai changé de tailleur pour faire mon chemin.
Madeleine aimait ceux qui s'occupent de course :
J'ai fait des paris, et... j'ai décavé ma bourse.
Enfin, pour achever son amoureux régal,
J'ai fumé, pour avoir un maintien sans rival.

ÉMILE.

Blanche aimait l'harmonie aux douceurs souveraines ;
Laurence et Jocelyn la faisaient sangloter.
Elle compatissait aux misères humaines,
Et quand un mendiant lui venait demander,
Si pauvre qu'elle fût, il partait les mains pleines.
C'est elle dont le cœur guida mes premiers pas
Dans les sentiers fleuris où naît la poésie,
Et m'apprit, souriant à mes jeunes ébats,

A fixer dans un vers l'amour et l'harmonie.

HENRI.

Madeleine n'avait pas l'esprit si poli.
Madeleine était très-jolie en amazone;
Du reste, elle savait qu'elle était bien ainsi,
Et, comme toute femme aime assez qu'on la prône,
Je le lui répétais fort souvent. Dieu merci,
Elle ne m'en a point donné le démenti.
Ses cheveux noirs bouclés flottaient sur ses épaules;
Sa cravache sifflait; vite comme le vent,
Son cheval se cabrait et pliait sous son gant;
On eût dit que d'un bond il franchirait les pôles.

ÉMILE.

Blanche n'était pas femme à dompter un cheval;
Pourtant, à sa façon, elle savait me plaire.
L'agneau bêlant et doux n'était pas son égal;
La rose, en sa fraîcheur, était moins printanière,
Et l'or de ses cheveux chatouillait plus mon cœur
Que ces pesants bijoux dont les femmes coquettes
Étalent à l'envi l'orgueilleuse splendeur,
Plutôt que de rester comme Dieu les a faites:

Laides, sans signaler aux regards leur laideur;
Belles, sans s'affubler comme les contrefaites.
Étant petit, j'aimais les animaux beaucoup;
Je m'étais pris d'amour pour une tourterelle
Qui, dès que j'arrivais, m'entonnait son glouglou;
Elle mourut, hélas! et Blanche hérita d'elle
Le petit velours bleu qu'elle portait au cou :
Avec ce ruban-là comme Blanche était belle!

HENRI.

Regrettes-tu le temps où, sous son oreiller,
Avant de s'endormir on cachait une rose,
Un ruban qu'elle avait eu le soin d'oublier
Au parloir? Il n'est rien que par amour on n'ose.
Regrettes-tu le temps où, dans le petit lit,
Nous passions à rêver d'elles toute la nuit?
Où d'un regard naissait une longue insomnie?
Nous étions tout amour et toute poésie.

ÉMILE.

Regrettes-tu le temps où, dans le grand dortoir
Et dans le petit lit, nous dérobions nos larmes,
Quand elle avait osé, le matin, au parloir,

Sur un autre essayer le pouvoir de ses charmes?

HENRI.

Oh! malheur à quiconque eût osé te narguer!

ÉMILE.

Je ne sais pas par qui l'un de nos camarades
Apprit notre secret et voulut s'en moquer.

HENRI.

Nous n'étions pas de ceux dont les fanfaronnades
Ne cherchent dans l'amour que de quoi se vanter.

ÉMILE.

Tu payas ses lazzis de quelques rebuffades,
Et Dieu sait si depuis il osa m'attaquer.

HENRI.

Je sais que, pour avoir puni son insolence,
Je me vis séquestré pendant plus de huit jours.
Cependant tu portas à mes chères amours
Le récit détaillé de ma longue souffrance.

ÉMILE.

Quand je tombai malade, et qu'on me crut perdu,

Et que, tout délirant, les sœurs m'ont entendu
Prononcer un seul nom cher à ma tête folle,
Tu m'apportas de Blanche une bonne parole,
Et mon mal, au seul bruit de son nom, s'est fondu.

HENRI.

Depuis lors Madeleine a paru soucieuse,
Elle a cessé pour moi de se montrer rieuse,
Et ses lèvres tremblaient en me parlant de toi.

ÉMILE.

Blanche, depuis ce temps, a cessé d'être à moi.
Le petit velours bleu s'était fané sans doute,
Un pesant collier d'or a pris sa place.

HENRI.

Écoute :
J'ai juré désormais d'être mon maître et roi.

ÉMILE.

Comme toi j'ai juré de n'en point aimer d'autre;
J'ai juré; mais, hélas! quelle force est la nôtre!
J'aime, et le souvenir de ce que j'ai souffert
A mon bonheur présent ajoute tant de charmes,

Que je bénis le ciel de m'avoir découvert
Comme est doux le printemps au sortir de l'hiver,
Comme est doux le sourire à qui connut les larmes.

HENRI.

Pour moi, je n'aime pas et ne veux plus aimer.

ÉMILE.

Non, ne dis pas cela : lorsque moins on y pense,
C'est alors que l'amour nous montre sa puissance.

HENRI.

Mon goût s'est épuré : l'amour est trop amer ;
Telle qu'elle est, la femme est par trop imparfaite.

ÉMILE.

S'il est des fruits amers, il en est de si doux !

HENRI.

Si je me mariais, je deviendrais jaloux ;
Le mariage est bon pour toi, raison parfaite

ÉMILE.

Je gage qu'avant moi tu seras marié.

HENRI.

Quelle idée!

ÉMILE.

Au printemps prochain, je me marie.

HENRI.

Par conséquent, tu crois que pareille folie...
Non, jamais.

ÉMILE.

Nous verrons.

HENRI.

Avons-nous parié?

ÉMILE.

Assurément, tu me paîras à la mairie.

Novembre 1869.

II

CANDIDAT

HENRI.

Je serai député : je veux l'être, morbleu !

ÉMILE.

Peste ! Mais j'espérais que ce n'était qu'un jeu.

HENRI.

Non, non. Je ne ris pas ; la chose est sérieuse.

ÉMILE.

Toi, député !

HENRI.

Tout comme un autre.

ÉMILE.

O France heureuse!
Voilà ce qu'il te faut.

HENRI.

N'ai-je pas vingt-cinq ans,
Depuis hier?

ÉMILE.

C'est vrai! sois homme, il est grand temps,
Quand depuis si longtemps, dans l'état où nous sommes,
Au lieu de grands enfants, il nous faudrait des hommes.

HENRI.

Tu ris; mais crois-tu donc qu'on n'ait pas sa valeur,
Et qu'on ne tiendra pas son rang avec honneur;
Qu'on ne porte avec soi que de la suffisance;
Qu'on est comme certains, confit dans l'ignorance;
Qu'on n'a point fait son droit, qu'on ignore la loi?

ÉMILE.

Combien d'autres pourraient en dire autant que toi?

HENRI.

Je ne suis point de ceux qui s'en vont à la Chambre

Pour discuter des lois qu'ils ont besoin d'apprendre;
Et je me ris de ceux qui tempèrent les lois,
De peur de s'imposer trop d'honneur à la fois.
Je me ris des gens qui, pratiquant l'adultère,
Trouvent par intérêt le code un peu sévère.
Je me ris de celui qui, lui-même insulteur,
Se garde de dauber sur les larrons d'honneur.

ÉMILE.

C'est bien dit : cependant, s'il se peut que l'on ose
Risquer un mot, un seul, faut-il qu'on se propose
Pour unique raison l'intérêt du pays,
Quand on prend le parti si sage que tu pris?

HENRI.

Je ne suis ni plus fou ni plus sage qu'un autre,
Et mon intérêt seul m'est plus cher que le vôtre
A tous.

ÉMILE.

Hélas! faut-il que la contagion
T'ait frappé, mon ami, du mal d'ambition,
Et que le vain plaisir d'un peu de gloriole
T'arrache à ton repos, et pour jouer quel rôle!

Assez d'autres déjà se mettaient sur les rangs
Pour apprendre aux enfants à fouetter leurs parents,
Sans que j'eusse à rougir de te voir leur complice.
Mais, non! tu ne peux pas descendre dans la lice,
Non, non! tu ne peux pas, Henri, m'entends-tu bien?
Être, comme eux, pied plat, près du dernier vaurien.

HENRI.

Je ferai ce qu'il faut pour faire mon affaire.

ÉMILE.

Sais-tu bien à quel prix l'on devient populaire,
Malheureux?

HENRI.

Je le sais.

ÉMILE.

Il faudra te salir...

HENRI.

Toujours courber l'échine, et souvent m'avilir.
Je sais, je sais qu'il faut jouer la comédie,
Lâcher à tout propos les mots : honneur, patrie,
Amour, égalité, désintéressement,

Sans oublier aussi mon petit boniment
Contre l'impur tyran et son joug détestable;
M'apitoyer toujours sur le peuple adorable,
Le tenir en suspens après la Liberté,
Comme un chien que l'on dresse avec du mou gâté;
Invectiver, au nom de la Liberté sainte,
Dieu même, qui créa la douleur et la plainte,
La sottise, l'esprit et les nez inégaux,
Et la plèbe sans nom des péchés capitaux;
Dieu qui, nous imposant au ventre de nos mères,
Nous conteste le droit de nous choisir nos pères,
Et, quand nous voudrions naître et vivre princiers,
Nous fait tomber tout droit parmi des épiciers.
Il est, pour réussir, un moyen infaillible :
Flatter les passions, promettre l'impossible,
Tenir pour assuré que l'on croit aisément
Tout ce que l'on désire, et que, par conséquent,
A peu de frais s'acquiert le facile suffrage
De ceux qui, n'ayant rien, désirent davantage;
Sous un même intérêt mener les envieux,
Ceux qui se trouvent mal et voudraient être mieux,
Nourrir des mécontents la haine et l'espérance,

Payer des factieux la sourde violence;
Et les étudiants, forts pour les libertés!
Les sots, les étourdis, surtout les endettés
Qui, pour se libérer, égorgeraient la France,
Frappant les créanciers, pour tuer la créance!
Voilà comment on vise à la majorité.
Les bons esprits, mon cher, sont en minorité ,
Tout le monde en convient, et sont fort peu de chose
Lorsque l'on tient d'abord au succès de sa cause,
Et comme il faut surtout des partisans nombreux,
Je donne dans la foule, et je me fais galeux.

ÉMILE.

Est-ce toi, mon ami, qui me parles? Je doute
Si je suis éveillé, si c'est toi que j'écoute.
Est-ce toi, mon ami, cher ami d'autrefois,
Si tendre, si tranquille, et dont la douce voix
Ne parlait que d'amour et de sa sainte ivresse?
Est-ce toi, mon ami, qui n'as plus de jeunesse?
Tu n'es pas sérieux, dis. Hélas! tu te tais.
Quoi, j'ai bien entendu! tes projets seraient vrais!
O mon bien cher ami, pardonne-moi, pardonne,

Si, dans toute la foi de mon cœur, je te donne
Les sincères avis... que dis-je, les avis ?
Des avis ! est-ce que l'on s'en donne entre amis ?
Des conseils, encor moins. O mon Dieu, je t'en prie
Par la sainte amitié qui dès longtemps nous lie,
Réfléchis à deux fois avant de t'engager
Dans un chemin fangeux où l'on peut s'embourber.
Si, dans ce que je dis, il est rien qui t'offense,
Si ma bouche en dit trop, mon cœur prend ta défense.
Je peux bien me tromper ; à m'excuser sois prêt !
N'aurai-je au moins parlé que dans ton intérêt.
Laisse donc ces horreurs au chœur des démagogues,
Aux hommes de partis, à ces vendeurs de drogues
Et d'amour fraternel à qui veut en goûter,
Qui vont partout criant à qui veut écouter :

« Citoyens, citoyens, voilà le vrai remède,
« Le seul, le vrai, le bon : il guérit tous les maux,
« Bêtise, paupérisme et tout ce qui procède
« De l'inégalité. Mes frères, mes égaux,
« Approchez, accourez, voilà le vrai remède !

« Que tous mes concurrents se dressent devant moi,
« Tous ces vils courtisans de la race proscrite.
« Moi, je veux consacrer mon art au peuple-roi.
« Approchez, travailleurs, pauvres, races d'élite,
« Que mes compétiteurs se dressent devant moi!

« A vous, chers débauchés, à vous, à vous la femme;
« A vous, chers altérés, ces caves à vider;
« A vous, paniers percés, des trésors à manger;
« Que, dans la volupté l'on se torde et se pâme;
« Chers gangrenés, à vous de quoi vous écurer!

« Votre bonheur à tous sera ma récompense.
« J'offre à chacun de vous ce qu'il peut désirer;
« Que tous ces vils flatteurs de la sale opulence
« Vous en offrent autant, je vais me retirer.
« Votre bonheur à tous sera ma récompense.

« Puisque vous y tenez, mes frères, mes amis,
« Je reste, et je suis fier de votre préférence.

« Je m'en vais faire voir si ce que j'ai promis
« Est une fiction ou de l'outrecuidance.
« Serrez, serrez les rangs, mes frères, mes amis;
« La police pourrait nous faire entrer en danse,
« Et tout votre bonheur se verrait compromis. »

Voilà ce que tu crois, peuple lâche et cupide,
Écrasant par le nombre et la brutalité;
Voilà ce que te souffle une bouche homicide,
Et ton cœur s'envenime à ce souffle empesté.

Voilà le courtisan qui te flatte et t'enivre,
Te soûle, c'est le mot, pour son ambition.
Il faut que tu sois fou tout à fait pour le suivre;
Le vin sert à noyer ton semblant de raison.

Voilà l'entremetteur à la verve impudique
Que vous empanachez de popularité,
Parce qu'il vous dépeint la sainte Liberté
Comme s'il s'agissait d'une fille publique.

Voilà l'homme pour qui tu te fais écharper ;
Car c'est toi qui reçois la grêle dans l'orage,
Et, tandis que pour lui vous vous faites tuer,
Sur le sang de vos fils cet homme-là surnage.

La Liberté, parbleu ! je l'aime comme vous ;
La Liberté vaut bien qu'on soupire après elle ;
Mais si vous la traînez avec vous aux égouts,
Vous en ferez bientôt une femme rebelle.

La Liberté n'est pas ce que vous entendez ;
Elle n'est pas licence et n'est pas servitude.
— Définissez-la donc, vous qui la comprenez ! —
La Liberté, messieurs, n'est ni catin ni prude.
La Liberté n'est pas ce que vous entendez.

O Liberté sublime ! adorable et parfaite,
Si jamais tu daignais sur nous baisser les yeux,
Liberté, tu n'es pas une femme coquette
Accordant un baiser pour en recevoir deux.

Le trop peu te révolte, et le trop te dégoûte,
Tu gardes la distance entre les deux excès ;
Devant ces deux larrons, pauvre femme en déroute,
Toute en pleurs, et toujours en butte à leurs accès.

Quand donc marcheras-tu tranquille et respectée ?
Messieurs, si vous étiez raisonnables... mais, non!
Faut-il le dire, hélas! tu seras violée,
Ou mise en un couvent sous l'aile du canon.

L'homme, sot par nature, ardent et sanguinaire,
Évitant un excès, court après son contraire :
L'un, plat valet, devient un enragé tyran;
L'autre, de peur un jour d'être acheté, se vend.

Républicain farouche et puritain austère,
L'un, pour demeurer pur, reste célibataire;
L'autre, faible et soumis, fabricateur d'enfants,
De crainte d'en manquer, en commet tous les ans;
Et ces mêmes enfants, comme leur père ,extrêmes,

Ne pratiquant en rien la modération,
L'un se fait partageux, faute d'un million;
Et l'autre vend le lit aux licences suprêmes
Où ses parents aimaient avec profusion.

Non, personne ici-bas n'est content de son sort :
La pauvreté toujours jalouse la fortune,
La catin sur la femme honnête saute et mord ;
La révolution se dresse à la tribune.

Oh! ces adorateurs pompeux du genre humain,
Qui, de l'ambition dérobant le venin,
Sous les dehors flatteurs de la philanthropie,
Jettent le peuple au feu, puis font de la charpie
Pour étancher le sang, et croient suffisamment
Envers lui s'acquitter avec un pansement!

Que fait à ces gens-là qu'on ait du pain ou non,
Que le commerce souffre et soit à l'agonie?

Ne vous méprenez pas à leur philanthropie :
Leur intérêt d'abord, et le pillage est bon!

Ne vous méprenez pas au zèle magnifique
De tous ces turbulents qu'on mène par le nez,
Et qui se sont trouvés bons pour la République
Jusqu'au jour où d'ailleurs on les a décorés.

Ne vous méprenez pas à l'ardeur résolue
De ces petits roquets, qui n'ont d'opinion
Que celle que pour vous vous n'avez pas voulue,
Et qui font leur effet par contradiction.

Allez, n'espérez pas qu'ils changent leur allure!
Quand on est pur, on meurt fidèle à son parti.
Aurait-on, par hasard, mis le pied dans l'ordure,
Il faut faire semblant de n'avoir point failli.
Se réconcilier!... bon, bon pour un parjure;
Jamais on n'en voudrait avoir le démenti.

Peuple, lorsqu'on prétend les papes impeccables,
Tu ris, et tu fais bien; pour qui sont les rieurs
Quand tu fais au scrutin trois cents inviolables,
Cependant que ta fille a rendez-vous ailleurs?

Qui te délivrera de ces hardis sectaires
Qui vont criant partout : honneur au peuple-roi,
Et gagnent en flattant les faveurs populaires?
Quels qu'ils soient, cependant, ils sont moins téméraires
Et bien moins coupables que toi.

Si tu ne t'amusais au bruit de leurs parades!
Mais tu les entretiens, ces hardis bateleurs :
Hélas! ô peuple-roi, tu veux des accolades.
Les peuples et les rois sont perdus de flatteurs.

Encor si l'on voyait en tête de partis
Des chefs ayant pour eux l'âge et l'expérience;
Mais, non! tous des gamins! Serait-ce aux apprentis
Que dans les ateliers revient la préséance?

Peuple crédule, hélas! rongé par la vermine,
Qui te délivrera de ces pâles flatteurs
Qui, pour faire leur cour, vantent ta bonne mine?
Qui te délivrera de tous ces imposteurs?

Quand donc guériras-tu du mal qui te dévore,
De tous ces vers rongeurs qui se disent pour toi,
Et qui, par-dessous main, te traitent de pécore,
Car ils disent de toi ce qu'ils disent de moi?

Quand donc finiras-tu, peuple, par te connaître,
Par te prendre en horreur avec tes passions?
Quand donc cesseras-tu de reconnaître un maître
Dans le premier flatteur de tes illusions?

Quand donc ton ignorance aura-t-elle le râle?
Quand donc seras-tu pris du désir d'imiter,
Non pas ces ferrailleurs qui font dix ans de salle
Dans le but de pouvoir insulter sans danger,

Non pas ces écoliers qui sortent de l'école
N'ayant fait qu'user sur les bancs
Leurs pantalons, et vont de là jouer un rôle
Sous l'habit noir et les gants blancs;

Mais bien les travailleurs, au vouloir sans faiblesse,
Qui remettent souvent la main à leurs travaux,
Prêts à les repolir, à les limer sans cesse.
Quand donc essaîras-tu de limer tes défauts?

Ah! si jamais!... Mais, quoi! me perdre en conjectures!
Puis-je empêcher d'aller le monde comme il va?
Je reprends ma tartine et mes doctes censures,
Cependant que le peuple acclame Flouretta.

Qui te délivrera de ta noble jactance?
Qui te délivrera de ta présomption?
Qui donc te montrera jusques à l'évidence
Que ton immense orgueil est ton illusion?

C'est si doux, n'est-ce pas, de croire que l'on pense,
Lorsqu'on a son journal pour toute opinion?

Ah! je comprends! le sot ne se croit pas si bête,
Et la laide, d'ailleurs, ne se croit pas si mal.
Le fou, lui, prétend seul avoir toute sa tête,
Et le cocu se croit un bonheur sans rival.

A quoi bon travailler avant de passer maître?
Pour être homme, on ne prend que la peine de naître.
Pour passer électeur, on prend vingt et un ans.
Et qui dit électeurs dit hommes importants.

L'enfant met plus d'un an à respecter ses langes,
Et l'on voit des bambins se poser en docteurs.
Envoyez donc, messieurs aux engoûments étranges,
Trinquefort à la chambre et la raison ailleurs.

C'est une comédie écœurante et bouffonne

De voir le peuple en foule abhorrer les tyrans,
Et nourrir dans son sein des empereurs géants,
Les passions sans frein, à la gueule gloutonne.
Quand donc chasseras-tu, peuple, tous ces tyrans?

C'est une vérité qu'en tout temps, dans le monde,
La Folie a donné le pas à la Raison,
Et que l'homme, en pouvant essayer d'être bon,
A montré sa nature en chimères féconde.

C'est une vérité qu'on se fait des amis
Par la condescendance, et qu'avec la franchise
Et la vérité, chose au monde trop exquise,
L'homme le plus loyal se fait des ennemis.

HENRI.

Parbleu! c'est une honte à nulle autre pareille
De voir qu'avec le vice il faut fraterniser,
Et qu'avec la piquette à six sous la bouteille
On peut, comme l'on dit, se populariser.

Parbleu! c'est un mensonge, une ignoble imposture
De dire que chacun peut atteindre aux honneurs,
Puisqu'il est convenu qu'on ne peut, sans voiture,
Aller se faire voir à tous ses électeurs;
Et que c'est fort bien nous qui payons la facture,
Le jour où nous comptons avec nos imprimeurs.
Quel homme s'en ira porter mes circulaires,
Gratis, aux électeurs et dans les carrefours,
Placarder sur les murs mes bassesses vulgaires?
Car il faut faire voir ses plus charmants contours.
Si je me présentais, la chose est présumable,
Ce ne serait jamais, jamais dans mon pays,
Car moins on est connu, plus on est présentable;
De la femme d'un autre on est souvent épris,
De la sienne on ne voit que le côté blâmable.
Je ne dévîrai point dans l'exécution.

ÉMILE.

Au moins, pourrons-nous voir ta modération?

HENRI.

La modération! quelle pauvre méthode!
Moi, de la tête aux pieds je me mets à la mode.

La modération! mais l'homme modéré,
Comme le bon théâtre, est le moins fréquenté.
On cherche avec fureur les hurlements du drame :
Le Cartouche paraît, et la foule l'acclame.
On se prend d'ordinaire aussi bien au clinquant
Qu'aux feux étincelants du plus pur diamant.
Le trop et le trop peu sont de commune mise,
Et le juste coup d'œil est chose trop exquise.
Bien qu'avec fondement on discute des goûts,
Je suis d'avis qu'il faut hurler avec les loups.

ÉMILE.

Il faut, pour être tel, avoir un cœur de pierre;
Il faut, pour être tel, n'avoir ni sœur ni mère,
Doux objets pour lesquels on tremble à tout moment.
Le cœur est si craintif quand il aime vraiment!
L'orage, le tonnerre, un songe, une ombre vaine,
On a peur pour leurs jours et l'on est dans la peine.
Il faut donner de vrai dans les mœurs d'à présent,
Épouser sans amour et vivre pour l'argent.
Il faut être d'un temps où l'intérêt prospère,
Où, même en prenant femme, on conclut une affaire,

Comme on dit : on se crée une position;
D'un temps où tout l'amour est pour le million.
Cependant l'homme est fait, et sa santé robuste
S'essaye au jeu d'amour, mais au prix le plus juste.
Il se fatigue, il s'use, et, le jour du contrat,
Il n'apporte avec soi qu'un corps en triste état,
Un cœur le plus souvent abîmé dans le doute,
Quelquefois usé sur les cailloux de la route.
Il faut être d'un temps ou l'on entend crier :
J'ai trente mille francs de rente à marier;
Vous, combien avez-vous à donner en échange?
— Quarante. — C'est parfait, votre fille est un ange.
Il faut, comme Moron, avoir une catin
Pour gouvernante, il faut être un sot libertin,
Comme Saint-Priest; avoir un immense égoïsme
Comme Daro, pour crier : Gloire au terrorisme!
Non, non, tous ces gens-là n'ont pas connu l'amour,
Un doux amour, sans quoi la lumière du jour
N'est rien. Ils n'ont pas su chérir, avec la femme,
La bonté, la douceur, les vertus de son âme.
Il fallait, j'en suis sûr, à ces ambitieux
Des hyènes en rut, et le sang dans les yeux.

O France! ô mon pays! voilà ce qui te peuple.

HENRI.

Si tu parles ainsi des dieux de ce bon peuple,
Je m'en vais, tu deviens par trop compromettant.

ÉMILE.

Tu t'en vas?

HENRI.

A plus tard, à moins d'emportement

ÉMILE.

Je m'emporte!

HENRI.

Vraiment, mon cher, tu le demandes?
A demain.

ÉMILE

Pourtant...

HENRI.

Non.

ÉMILE.

Je veux que tu m'entendes.

HENRI.

Impossible, mon bon.

ÉMILE.

Quoi! te voilà fâché?
Henri...

HENRI.

Je répondrai quand tu m'auras lâché.
Je m'en vais.

ÉMILE.

Rien qu'un mot : permets que je m'explique.
Faut-il donc se brouiller pour de la politique?
Insensé, pourquoi donc t'ai-je fait ce tracas?
Pourvu qu'avecque toi je ne me fâche pas,
Qu'est-ce que ça me fait que l'État se gouverne
Bien ou mal? Notre accord est ce qui me concerne,
Viens ici, viens, voyons, et parlons d'autre chose.
Parlons un peu d'amour, veux-tu? cela repose.
Quoi! vous boudez, monsieur! Donnez-moi ce chapeau,
Et faites la risette! Allons, faites le beau.
Regardez-moi, vilain. Oh! la laide frimousse!
Fi! c'est affreux! De vrai, l'on dirait Barberousse,

En face! Bien, ris donc, là! tu ne m'en veux plus?

HENRI.

Hélas! m'en veux-tu donc, toi, de mes airs bourrus?
Je n'y puis plus tenir; enfin mon cœur déborde.
Sache qu'avec l'amour ma volonté s'accorde.
Si je suis irrité, si je suis soucieux,
Candidat, révolté, si tu vois dans mes yeux
Une larme briller, l'impérieuse cause
Est cette ambition que l'amour seul m'impose.
C'est l'amour, oui, l'amour, dont l'empire sacré
Fait que d'ambition je me sens torturé.
Je sacrifîrais tout, hélas! honneur, patrie,
Et je le dis à toi, tout, jusques à ma vie,
Pour gagner ses parents, pour obtenir sa main,
Car c'est de ses parents que je tiens ce venin.
C'est pour eux que je fus conjuré de septembre,
C'est pour eux qu'il me faut arriver à la Chambre.

ÉMILE.

Elle, au moins, n'est pour rien, j'espère, en tout cela?

HENRI.

Non, tout vient du beau-père.

ÉMILE.

Oh! quel homme est-ce là!

HENRI.

Il le veut, ça suffit.

ÉMILE.

C'est tout ce qu'on t'impose?

HENRI.

Il y a bien encor quelque petite chose.
On voudrait voir un *de*, par exemple, à mon nom.

ÉMILE.

Si ce n'est que cela, c'est être du bon ton.

HENRI.

Ce siècle populaire aime la particule.

ÉMILE.

On peut être, à coup sûr, beaucoup plus ridicule.

HENRI.

Que l'on s'appelle duc, baron, prince ou marquis.
J'estime, autant qu'on peut, les noms qui sont conquis

A force de vertus, de sagesse et de gloire.
C'est un juste tribut offert à la mémoire
Des hommes qui se sont voués à leur pays.
Les députés, d'ailleurs, se payent en louis;
Mais que par la raison qu'on est millionnaire,
On vise, par orgueil, à la nobiliaire,
Et, descendant de rien, qu'on aspire à l'honneur
De singer, par le titre au moins, le grand seigneur,
Le bon sens se révolte en face d'un tel titre.
Descendez d'un goujat, d'un bandit ou d'un cuistre,
D'une femme publique ou d'un usurier,
Pour en avoir l'acquit, il s'agit de payer;
On paye, et l'on reçoit quittance de ses pères.
Voilà l'ambition de tant de pauvres hères,
Quoique le plus beau titre et de tous le meilleur
Soit de s'entendre dire, et d'être homme d'honneur.
Renier sa famille, ô faiblesse coupable!
Comme d'autres, pourtant, tu me verras blâmable
Je changerai de nom, le beau-père le veut,
Et l'amour me défend de m'en plaindre.

ÉMILE.

On ne peut

Te blâmer, cher ami, de ta condescendance;
Mais...

HENRI.

Surtout, ne va pas faire de remontrance.

ÉMILE.

Mais où donc as-tu bu, toi si bien cuirassé;
Ce poison dont ton cœur s'était débarrassé?
Dans quels lieux as-tu pris ce beau feu qui te brûle,
Toi, jadis de Timon le pendant et l'émule.

HENRI.

A Bade, cet été, je la vis; sa beauté
Eut raison sur-le-champ de toute ma fierté.
Là pourtant où l'on voit tant de femmes si belles,
Elle était comme un feu couronné d'étincelles,
Ou comme un diamant sur le front de la nuit,
Ou l'aurore naissante à l'ombre qui s'enfuit.
Je la vis, et mon sang bouillonna dans mes veines,
Je reconnus l'amour et le poids de ses chaînes.
Je me fis présenter par un de mes amis,
Et de mes sentiments à lui je me remis.

Il m'apprit que le père était inaccessible,
Que par un seul endroit il était corruptible,
Qu'il voulait à tout prix un gendre entreprenant,
Prêt à s'associer à son rêve incessant :
Ramener au pouvoir ses vieilles sympathies.
Me voilà royaliste avec ses fantaisies,
Et c'est contre mon gré, mais tu m'excuseras
Quand nous irons le voir, et que tu la verras.

ÉMILE.

A quoi sert de jurer d'être plus raisonnable?

HENRI.

Nous voulions au bon sens faire amende honorable.

ÉMILE.

Bonheur! devant l'amour, mon courage a faibli

HENRI.

A Bade, mon serment est tombé dans l'oubli.

ÉMILE.

Avoir à soi tout seul une femme adorable!

HENRI.

A soi tout seul ! La chose est à peine croyable.

ÉMILE.

J'ai donc gagné, mon cher ; je réclame mon gain.

HENRI.

Demande.

ÉMILE.

Du premier, je veux être parrain.

Décembre 1869.

III

FIANCÉS

HENRI

Le bon petit dîner, hein?

ÉMILE.

Si Berthe était là!

HENRI.

Excellents, ces perdreaux à la chipolata.

ÉMILE.

Pas mauvais.

HENRI.

Pas mauvais! tu fais le difficile!

Ce petit vin, ma foi, me paraît d'un bon style.
Tiens! mais tu ne bois pas... mais tu ne manges pas!
Qu'est-ce que ça veut dire? On fait plus de dégâts
Lorsque, comme nous deux, on vise au mariage.
Vois plutôt : tu feras triste entrée en ménage,
Si tu ne donnes pas dans les fortifiants.
Il faut me prendre un peu de ces filets saignants.

ÉMILE.

Merci, merci!

HENRI.

Prends donc aussi de ces cervelles.
Des cervelles, mon cher!... Donne-m'en des nouvelles.
Une fois marié, j'enverrai mon Vatel
Prendre quelques leçons près du maître d'hôtel.
Comme moi, Marie aime un peu la gourmandise,
Et, dans nos moindres goûts, notre amour sympathise.
C'est charmant. Et la preuve : encor avant dîner,
Quoique je ne sois pas de cœur à lésiner,
Je craignais d'avoir mal commandé sa corbeille;
Mais elle l'a reçue, et tout est à merveille :
Dentelles et bijoux ont fait sensation.

C'est dans le grand salon une exhibition
Où chacun à l'envi s'écrie et s'extasie.
C'est un plaisir de voir l'ombre de jalousie
S'abattre tout à coup sur les fronts envieux ;
C'est un plaisir de voir Marie, au cœur joyeux,
Étaler aux regards sa joie et ses parures,
Forcer la médisance à payer d'impostures
En quêtant à dessein un petit compliment
Aux cœurs les mieux armés pour le dénigrement.

ÉMILE.

Pour moi, je ne crains pas de l'avoir mal choisie,
La corbeille de Berthe, et, j'en jure, l'envie,
La sotte convoitise et la rivalité
Ne s'ameuteront pas contre sa vanité.
Non, nous ne donnons pas dans le commun usage :
Nous n'avons pas assez à mettre en étalage.
Le soir, quand nous rions tous deux au coin du feu ;
Que d'un mot, que d'un rien nous nous faisons un jeu ;
Que, fier de mon repos, ma tâche terminée,
Je viens m'asseoir près d'elle, espoir de ma journée ;
Lorsque nous nous contons combien de fois par jour

Notre cœur s'est rempli de notre cher amour,
Et que, tout compte fait, Berthe est persuadée
Qu'il n'est pas un moment sorti de ma pensée;
A l'heure amoureuse où ses doigts mélodieux
Font sourire et pleurer l'ivoire harmonieux;
Alors qu'entre nous deux sa bonne mère assise
Repense au jeune temps où l'on était promise,
Où le doux fiancé, tombant à ses genoux,
Lui disait : « Oui, je n'aime, et n'aimerai que vous; »
Une larme d'amour sourit à sa paupière.
Sa mère, elle, se met à dire son rosaire.
Cependant la bouillotte entonne sa chanson,
Et le chat à nos pieds répète son ronron.
Voilà les seuls trésors dont notre amour se vante,
Et la mère de Berthe est seule confidente.
Voilà notre bonheur, et nos plus vilains jours
Sont quand une visite en interrompt le cours.
Non, non, je n'aime pas dévoiler ces mystères
De mon âme, et livrer au caquet des commères
Le droit d'en amuser leurs cœurs atrabilaires,
Et je pense que c'est prostituer l'amour
Que de le mettre au rang des nouvelles du jour,

Et fournir au plus vil l'incomparable aubaine
De parler de ta femme ainsi que de la sienne.
Faire parler de soi parmi le monde entier,
C'est traîner son amour sur un tas de fumier.

HENRI.

Sapristi! mon ami, tu m'en dis là de belles!
Regarde le soleil aux flammes immortelles:
Parce qu'il s'est miré dans un marais bourbeux,
Est-il moins bienfaisant? Est-il moins radieux
Parce qu'il aura bu des vapeurs méphitiques,
Qu'il aura réchauffé des femmes impudiques,
Doré de ses rayons de grands ambitieux,
Avares, imposteurs, vaniteux, orgueilleux;
Vu des calculateurs, de leur Observatoire,
Avec un télescope insulter à sa gloire,
Et compter une tache avec un tel plaisir,
Qu'il n'est que des rivaux pour s'en tant réjouir;
Parce qu'il aura vu Trinquefort à la Chambre,
Bellerose exalter envers le Deux-Décembre
L'amorce et l'hameçon de nos élections;
Qu'il aura bu le sang des révolutions?

Et parce qu'un bambin, avec son arbalète,
Se sera fait un but de la grande planète,
A-t-elle à redouter ses traits ambitieux?
Porte-t-elle à nos cœurs moins de vie et de feux?
En est-elle moins chère à la belle jeunesse,
Moins digne des regrets de la pâle vieillesse?

ÉMILE.

Je sais combien le monde est méchant et cruel;
Je sais que, dans un temps où règne le duel,
Où, comme aux premiers jours de la chevalerie,
On aime à se parer d'un faux air de furie,
Plus d'une fois par jour on trouve à s'exercer
Contre de mauvais cœurs prêts à vous transpercer.

HENRI.

Hélas! que t'a donc fait, mon cher, le pauvre monde,
Pour s'attirer de toi cette haine profonde?
Je croyais que l'amour suffisait à ton cœur,
Et je n'attendais pas, de ta part, tant d'aigreur.
D'où vient donc.. ?

ÉMILE.

Lis plutôt

HENRI.

Une lettre anonyme !

ÉMILE.

Comprends-tu, maintenant, que mon cœur s'envenime ?

HENRI.

Ma foi ! non.

ÉMILE.

Non, dis-tu ?

HENRI.

Non ! je ne comprends pas.

ÉMILE.

Tu ne me comprends pas ! Toi-même, en pareil cas,
Tu serais furieux.

HENRI.

Moi, non ! Pas davantage !
Veux-tu donc empêcher, mon cher, le commérage,
Et priver bien des gens du plaisir si charmant
De s'amuser gratis à notre détriment ?

ÉMILE.

Qu'on ose impunément s'attaquer à ma femme!

HENRI.

Tu n'en crois pas un mot, n'est-ce pas?

ÉMILE.

Par mon âme,
Non.

HENRI.

Laisse-les alors, mon cher, s'imaginer
Que cela les grandit de nous rapetisser.
Le mérite, en effet, est chose si bizarre!
Il offusque les yeux par son éclat si rare!
Comme le chat-huant ne voit que dans la nuit,
L'homme se plaît dans l'ombre et le jour l'éblouit.
Il se lève soudain contre tout ce qui brille;
Il a, par-dessus tout, l'amour de la famille.
Et la richesse impose, et la sottise plaît,
Parce qu'en général on aime ce qu'on est.
Mais le pire pour lui, c'est que sa conscience
Lui dit jusqu'à quel point va son insuffisance :
Son orgueil s'en révolte, et, devant un talent,

Le sot se dédommage en le dépréciant.
On m'écrit bien à moi que ma femme est coquette.

ÉMILE.

Les insolents !

HENRI.

Cela n'a rien qui m'inquiète :
On dit que je suis fait pour être malheureux,
Et qu'avant moi Marie eut un autre amoureux.

ÉMILE.

Imbéciles !

HENRI.

Mais non ! la chose est véritable ;
Mais cela ne dit pas qu'elle soit condamnable.
A l'âge où notre cœur sent le besoin d'aimer,
Où filles et garçons se prennent à rêver
De cheveux noirs ou blonds, où le ciel nous régale,
En songe, de l'extra d'une femme idéale,
Ses parents ont voulu la marier, je crois.
Elle, s'en remettant à l'objet de leur choix,
A cru qu'il suffisait de se voir approuvée ;
Mais elle eut bientôt fait de changer de visée,

Voulant se marier selon son bon plaisir.
Elle a montré depuis qu'elle savait choisir,
Qu'on n'est pas une enfant à mener en lisière,
Et qu'on est un peu plus qu'une pensionnaire
A qui de bons parents choisissent un mari,
Comme s'ils étaient faits pour coucher avec lui.
Je m'occupe fort peu de ce qu'on en peut dire.
J'aime, je suis aimé : je ne songe qu'à rire
De tous ces vains caquets dont le zèle indiscret
Prétend mieux que moi-même aimer mon intérêt.
L'opinion publique!...

ÉMILE.

Une grande éhontée,
Toute à vendre à celui qui l'a le mieux flattée!
Il faut n'avoir pas vu les hommes comme ils sont
Pour faire à leur estime une concession.

HENRI.

Pour moi, je ne vois pas les choses de la sorte :
Le monde ne vaut pas, grand Dieu! que l'on s'emporte.
C'est lui faire, entre nous, mon cher, par trop d'honneur,
En voyant ce qu'il est, que d'entrer en fureur,

Et que de lui donner ainsi la comédie
En faisant l'étonné par devant sa folie.
Et peut-être veut-il, dans son égarement,
Plutôt de la pitié que du ressentiment.
D'ailleurs, que l'on en pleure, ou bien que l'on en rie,
Cela n'empêche pas que je n'aime Marie.

ÉMILE.

Tu dis bien : moquons-nous donc du qu'en dira-t-on.
Cela n'empêche pas que l'amour ne soit bon :
Rions, buvons, Henri : bannissons la colère,
Car c'est une fureur à l'amour étrangère.
Si Berthe me voyait, elle me gronderait,
Elle dont l'indulgence est l'unique secret ;
Elle qui me punit, quand ma plume trop vive
Pour flageller un vice entraîne à la dérive
Mon cœur. Rions, mon cher, je ne désire rien
Que de pouvoir penser qu'elle dirait : C'est bien.

HENRI.

Puisqu'il est entendu que tu veux rire, écoute :
Je vais te réciter... verse encor une goutte
Pour éclaircir ma voix. Je vais te réciter...

Mais à quoi bon, d'ailleurs? je pourrais t'irriter.

ÉMILE.

Je jure...

HENRI.

Tu le veux?

ÉMILE.

Qu'est-ce que c'est?

HENRI.

La liste
D'invitations.

ÉMILE.

Prête!

HENRI.

Ah! mon ami, c'est triste
Et c'est drôle. On n'est pas, vraiment, plus désireux
De montrer qu'on n'est point d'un sang vil ou douteux.
Admire cette liste exacte et scrupuleuse
De tous nos alliés de race généreuse :
On n'a rien oublié, jusqu'aux petits cousins.
Pour moi, qui n'avais pas de nobles consanguins,
Je figure tout seul; et cette solitude

M'a paru, tout d'abord, je l'avoue, un peu rude.
Le beau-père a parlé, j'en ai passé par là ;
Mais encor quelque temps, et cela finira.
Dans un mois, tout au plus, viendra la récompense ;
A peine si je peux y croire, quand j'y pense :
Dans un mois tout au plus nous serons mariés !

ÉMILE.

O rêves de bonheur, enfin réalisés !

HENRI.

Dans un mois, nous prenons le train, selon l'usage,
Et nous partons tous deux pour un lointain voyage ;
Oui, nous voulons enfouir bien loin notre bonheur.
Venez donc avec nous, vous deux.

ÉMILE.

Et la famille !
Et la bonne maman qui pleurerait sa fille !
Nous laisserions ici quelqu'un dans la douleur ;
J'aime mieux sur les miens verser de mon bonheur.

HENRI.

Alors pour vous avoir nous reviendrons plus vite,

Et, si l'on m'en croyait, nous ne partirions pas.

ÉMILE.

Il faut voler, mon cher, où l'amour nous invite.

HENRI.

Je m'attends, au retour, à te voir sur les bras
Quelque joli poupard.

ÉMILE.

Oh! oh! mon cher, commence :
De tenir sa parole il n'est rien qui dispense.
Tu sais que je serai le parrain du premier :
C'est donc à toi, plutôt, d'abord de te presser.

HENRI.

Va, j'y réfléchirai.

ÉMILE.

La chose en vaut la peine.

HENRI.

Si c'est un fils que j'ai, je prétends qu'il devienne
Avocat.

ÉMILE.

C'est gentil; mais il faut s'exercer
Dans le pour et le contre, et... mieux vaut s'en passer.

HENRI.

T'en souvient-il, mon cher, quand avant les vacances
Nous comptions les jours.

ÉMILE.

Regarde, Henri : voilà mon cahier de dépenses;
Un jour de moins encore, ô mes chères amours!

21 Décembre 1869.

IV

EN MÉNAGE

ÉMILE.

T'en souvient-il, Henri, nous dînâmes ici,
Un mois, je crois, avant notre entrée en ménage?

HENRI.

Voilà déjà deux ans!

ÉMILE.

Nous avions un potage
Bisque...

HENRI.

Et, dans ce temps-là, moi, j'étais sans souci;
Le temps a bien changé mon pauvre caractère!

ÉMILE.

Bois donc ; tu ne bois pas.

HENRI.

Tiens, il y a deux ans,
C'est moi qui t'excitais à mieux vider ton verre.
Aujourd'hui !... Verse donc, et noyons nos tourments,
Le vin jette un reflet doré sur notre vie,
Et peut-être, avec lui, se peut-il que j'oublie.

ÉMILE.

Enfant, ton pauvre cœur s'exagère son mal.
Toi qui n'avais jamais bu que dans du cristal,
Tu te trouves surpris de boire dans un verre.

HENRI.

Tu penses que mon cœur s'exagère son mal :
Ma femme ne peut pas souffrir sa belle-mère.
Ah ! que ne t'ai-je cru lorsque tu m'as prédit... !
Mais, comment maintenant éconduire ma mère ?
Je ne sais pas comment éviter le conflit.

ÉMILE.

Ta femme changera ; prends encor patience :

La voilà mère; eh bien, j'en suis certain d'avance,
Le jour où son enfant un peu la gênera,
On ira voir grand'mère, on le lui confîra,
Et l'on saura fort bien la trouver adorable
Si l'on vient à penser qu'elle soit profitable.

HENRI.

Ma femme ne veut pas élever son enfant :
Elle est faible, et nourrir serait trop fatigant.
Doncque si tu connais une bonne nourrice,
Pense à nous.

ÉMILE.

Crains-tu pas que ton fils ne pâtisse?

HENRI.

Ma femme le désire : il faut la ménager,
Et je ne ferai rien, non, rien, pour l'affliger.

ÉMILE.

Moi, je refuserais si j'étais à ta place.

HENRI.

A t'entendre, on croirait que tu sais refuser.

ÉMILE.

Au moins importe-t-il de ne pas abuser.

HENRI.

Elle sait demander tout avec tant de grâce!
Je ne sais pas, ma foi, comment elle s'y prend.
Je me dis chaque soir : Je serai raisonnable
Demain. Demain arrive, adieu mon beau serment;
Un baiser, rien qu'un seul, et me voilà traitable.
Et la femme se dit chétive et pitoyable!

ÉMILE.

Je connais ça, mon cher.

HENRI.

Non, tu n'y connais rien,
Avec un petit nid charmant comme le tien,
Une femme exemplaire, amoureuse et soumise...

ÉMILE.

Il me manque un bouton, pourtant, à ma chemise.
Tu vois que, malgré tout, on n'est jamais parfait.
Jamais on ne serait, non jamais, satisfait,
Si l'on voulait toujours une existence exquise.

HENRI.

Dieu veuille, mon ami, que jamais le malheur
N'entre dans ta maison, sous l'aile du bonheur;
Et, s'il te vient un fils, que jamais sa naissance
Ne puisse être pour toi comme une pénitence.

ÉMILE.

Allons donc : ne prends pas de ces grands airs dolents,
Je finirais par croire à tous tes revenants.

HENRI.

Hélas! je ne dis rien que la vérité pure.

ÉMILE.

Quoi! tu doutes... ah! bast!...pour mon compte, je jure...

HENRI.

Ce n'est pas de cela qu'il s'agit...

ÉMILE.

C'est heureux
Que tu ne te croîs pas tout à fait malheureux,
Et je m'étonne fort que tu n'aîs pris ombrage
De ce fantôme-là si cher au mariage.

HENRI.

On peut avoir de quoi se plaindre amèrement
Sans qu'on ait à le faire aussi vulgairement.
Et d'ailleurs, il n'est pas de saison de se plaindre,
Quand tel est le danger que notre honneur doit craindre :
Il est plus à propos de ne pas souffler mot
Que d'aller raconter à quel point l'on est sot.

ÉMILE.

Mais, enfin, quelle est donc cette si grave affaire?

HENRI.

Un jour, mon fils sera révolutionnaire.

ÉMILE.

Pourquoi pas empereur? Dans quelles visions
As-tu puisé l'horreur de tes prévisions?

HENRI.

Mon fils sera plus tard un grand coureur de filles.

ÉMILE.

Il a de qui tenir pour les aimer gentilles;
C'est déjà quelque chose! Il est à souhaiter

Que, dans tous tes travers, il te veuille imiter,
Pourvu que, du côté du cœur, il te ressemble.

HENRI.

Ce n'est pas sans raison, mon ami, que je tremble.
Je crois que dans le sein de la mère l'enfant
Subit déjà la loi du monde environnant;
Et que tous deux unis par un lien intime
Si l'un fait un faux pas, tous deux vont à l'abîme.
Celle qui le nourrit du plus pur de son sang
L'abreuve en même temps de tout ce qu'elle sent;
Et chaque battement de son cœur porte et frappe
Au cœur de son enfant.

ÉMILE.

Ta logique m'échappe.
Je ne vois pas très-bien où tu veux en venir :
A qui reproches-tu ce qui doit survenir?

HENRI.

Ma femme, je le crains, doit en être la cause.

ÉMILE.

Ne te comptes-tu pas aussi pour quelque chose?

HENRI.

Hélas! on est puni par où l'on a péché.
Mieux vaudrait qu'à jamais mes mains eussent bêché
La terre; je serais beaucoup moins misérable,
Et ne souffrirais pas du regret déplorable
D'avoir, ambitieux, commis de ces discours
Qui changeront mes jours en de si tristes jours.
Ma femme, étant enceinte, a lu tous mes discours.

ÉMILE.

Et voilà quel soupçon d'épouvante te glace!

HENRI.

Ma femme se mirait trop souvent dans la glace.

ÉMILE.

Hélas! mon pauvre ami! c'est un vrai cauchemar.
Il faut à la raison revenir sans retard.
Avec toi, je veux bien admettre que la femme
Imprime les premiers sentiments à notre âme,
Et que nous ressemblons aux sachets parfumés
Qui tiennent des parfums qui les ont embaumés.
Mais las! avec le temps le parfum s'évapore;

Le jour n'est pas toujours brillant à son aurore.
L'arbuste le plus tors se redresse souvent,
Lorsque d'un bon tuteur on le dote en naissant.

HENRI.

Hélas! si je pouvais avoir mon influence!
Mais mon fils ne sera pas sous ma dépendance.
La mère doit toujours guider les premiers pas.

ÉMILE.

Voilà de ces abus que je n'excuse pas,
Sinon dans les maisons où le mari travaille
Tandis que la femme est à soigner la marmaille.
Mais la mère, souvent, faute d'instruction,
N'offre que préjugés et superstition;
Et voilà le berceau de notre insuffisance :
On tette avec le lait l'amour de l'ignorance.

HENRI.

Pourtant, on se promet de le bien diriger,
Si sur l'intention nous pouvons en juger.
Car déjà pour lui voir arborer la tunique...
Son orgueil le destine à la Polytechnique.

ÉMILE.

C'est encor un travers commun chez les parents
De vouloir dessiner l'avenir des enfants,
Et je connais certain garçon à la mamelle
Auquel on a déjà découvert sa femelle.

HENRI.

Ah! mon ami! je fais comme tant de maris
Qui voudraient dérober les travers de leur femme,
Et, lorsque leur ménage offre un sujet de drame,
Inventent des raisons pour voiler leurs soucis.
Si je t'avais dit tout ce dont j'eus à me plaindre,
Tu pourrais bien encor m'estimer très-heureux;
Mais tu n'es pas de ceux avec qui l'on doit feindre,
Et j'ai le cœur miné par un mal sérieux...
Faut-il te l'avouer? ma femme m'est à charge,
Et le fatal secret de cette aversion,
C'est une jalousie horrible qui me charge
De reproches cruels en toute occasion.
Depuis longtemps déjà je trouvais que Marie
Ne me voyait jamais sortir sans déplaisir,
Et je crus, pauvre fou, bénissant ma folie,

Que c'était pour me voir bien plus tôt revenir.
Mais, hélas! au retour, quelle triste figure!
Quel silence obstiné! quel accueil glacial!
Quelles allusions, qui me faisaient injure!
Une nuit, revenant de je ne sais quel bal,
Je crus voir sur son front perler de la souffrance,
Et je lui demandai ce qui l'assombrissait.
Elle me répondit : « Vous aimez trop la danse. »
Et cela sur un ton si brusque qu'en secret...
Enfin on me devient de plus en plus maussade;
Que j'entre ou que je sorte, on me fait un affront;
Je n'y puis plus tenir : tiens, verse une rasade,
Je veux couler ici mon désespoir à fond.

ÉMILE.

Je te reconnais bien, extrême en toutes choses :
Ne vaudrait-il pas mieux chercher un bon moyen
Pour arracher l'épine et dégager les roses.

HENRI.

A quoi bon essayer, Émile? on n'y peut rien.
Pour mon compte, j'ai fait tout ce que l'on peut faire;
Et mon empressement n'a jamais abouti

Qu'à m'attirer toujours quelque parole amère,
Et je n'en aurai plus, pour sûr, le démenti.

ÉMILE.

Voyons.

HENRI.

Non, ma maison devient inabordable ;
Il me prend des fureurs de ne plus y rentrer,
Et si je n'avais pas un enfant adorable,
Un enfant pour m'aimer et pour me consoler,
J'aurais déjà... Grand Dieu! qu'est-ce que j'ose dire?
N'en crois rien, n'est-ce pas? C'est le vin, Dieu merci!
Ce vin-là me rend fou; j'ai la tête en délire!

ÉMILE.

Calme-toi.

HENRI.

Dieu! ce vin! Sortons, fuyons d'ici.

Decembre 1859.

V

AMITIÉ

ÉMILE.

Puisque c'est le devoir de la franche amitié
De tout mettre en commun, et la joie et la peine,
Que je m'exposerais à ton inimitié
Si je te dérobais ce dont mon âme est pleine ;
Puisqu'il est convenu que jamais, entre nous,
Un secret, abattant son lourd manteau de glace,
Ne ternira nos jours si sereins et si doux ;
Puisque devant le jour l'ombre fuit et s'efface,
Pourquoi depuis un mois ne te voyons-nous plus,
Toi de qui la présence a pour nous tant de charmes?
Conte-moi les chagrins qui te sont survenus.

Si tu souffres, Henri, nous essuîrons tes larmes.

HENRI.

Puisque c'est le devoir de la sainte amitié
De n'entreprendre rien dont un ami rougisse,
Je t'ai fait boire, hélas! un amer calice,
Et je n'espère plus d'émouvoir ta pitié.

ÉMILE.

Quoi! s'il faut, par malheur, que l'on fasse une faute,
Est-on donc à jamais et tout entier perdu?
Il arrive souvent que la chute est plus haute
Lorsque personne à temps ne nous a secouru.
Mais, s'il faut qu'un ami soit la pauvre victime,
Qu'un faux pas fait rouler sous les pieds du passant,
Dût la foule sans cœur rire et nous faire un crime
De sauver la fourmi qu'elle écrase en sifflant,
Voici ma main, Henri.

HENRI.

Moi? non... je suis indigne
De toucher cette main, indigne de pardon;
Je reconnais ton cœur à ce généreux signe,
Mais tu présumes trop, ami, de ta raison.

ÉMILE.

Si jamais le pardon fut digne de ce monde,
Pour qui crois-tu d'abord que Dieu l'ait inventé?
Est-ce surtout pour l'homme au cœur dévergondé
Où le vice a marqué sa tache si profonde,
Que tout un océan ne l'aurait point lavé?
Non, tu n'es pas de ceux qu'un triste apprentissage
A formés dès longtemps à tout fouler aux pieds.
Non, tu n'es pas de ceux dont le libertinage
A fait des insensés à jamais reniés.
Hier encore, tu venais t'asseoir à notre table,
Ton seul orgueil était ta femme et ton enfant,
Et tu disais sans cesse : Ah ! quand il sera grand,
Je veux aussi qu'il ait une femme adorable.
Puis, un jour, tu nous fuis et l'on ne te voit plus;
J'apprends, je ne sais d'où, que tu cherches maîtresse,
Que tu quittes ta femme; et nous étions perdus
A jamais, si, moi-même, apprenant ton adresse,
Je ne t'eusse enlevé, mon ami le meilleur.
Toi qui mériterais pourtant que l'on te gronde,
Regarde, serais-tu le seul coupable au monde,
Je n'y penserais pas, tant j'ai de joie au cœur!

HENRI.

S'il fallait qu'au remords mon âme fût fermée,
Ton accueil suffirait, lui seul, pour m'attendrir.
Je te reconnais bien, amitié tant aimée.

ÉMILE.

J'étais sûr, pauvre ami, de te voir revenir.

HENRI.

Si le remords suffit pour laver la souillure
Qu'imprime à notre vie un jour d'égarement,
Je dépose à tes pieds mes pleurs et ma blessure,
Qui saigne et saignera jusqu'au dernier moment.
Depuis le triste jour où j'ai quitté ma femme,
Depuis que j'ai quitté mon fils et ma maison,
Je traîne un poids si lourd, si pesant sur mon âme,
Qu'il ne tardera pas d'écraser ma raison.
J'ai beau me répéter qu'elle était si jalouse,
Qu'elle avait mis enfin ma patience à bout,
Ma conscience crie : « Elle était ton épouse,
Mère de ton enfant, ton fils, hélas! ton tout. »
Pour étouffer alors une voix qui m'accable,
J'ai cherché le plaisir, j'ai voulu me griser ;

Mais j'entendais toujours la voix impitoyable :
« Voilà de quoi ton fils pourra s'autoriser. »
Hélas! mon cher enfant, quand donc le reverrai-je?
Le revoir, moi, grand Dieu! moi, rougir devant lui,
La lèvre sale encor d'un amour sacrilége!

ÉMILE.

Oui, tu le reverras.

HENRI.

Mais pourquoi l'ai-je fui?

ÉMILE.

Allons, mon pauvre ami, chasse ces idées sombres,
Ne pense désormais qu'à rentrer près des tiens.

HENRI.

Jamais je n'oserai retourner les décombres
Des cœurs dont j'ai brisé les plus sacrés liens.

ÉMILE.

Mais ton petit enfant, qui pleure après son père,
Au seul bruit de ton nom il devient souriant.

HENRI.

Tu lui parlais de moi?

ÉMILE.

Non, jamais! C'est sa mère
Qui lui parlait de toi, mon ami, bien souvent.
La pauvre femme, hélas! est bien triste, et les larmes
Ont creusé sur sa joue un sillon si profond
Qu'on ne retrouve plus la trace de ces charmes
Qui, jadis, ont touché ton âme jusqu'au fond.
Elle a compris enfin sa faute déplorable,
Et son plus vif désir est de la réparer.
Mais si toujours, pour toi, la franchise est louable,
Si l'on peut, sans détour, être juste et parler,
Je te dirai tout franc que la cause funeste
Du mal qui maintenant attriste ta maison,
De cet esprit jaloux que ton amour déteste,
N'est peut-être, après tout, que ton ambition.
Te souvient-il du temps, d'amoureuse mémoire,
Où, pour te marier, tu visais aux honneurs,
Lorsque ta femme était le prix de la victoire,
Où, le cœur envahi par l'amour des grandeurs,
Occupé tout le jour à courir la fortune,
Tu nourrissais déjà la folle passion
Que ta femme a traitée en rivale importune,

Ruinant ton amour par ton ambition,
Occupé de l'État bien plus que de ta femme,
N'ayant d'autre souci, du soir jusqu'au matin,
Qu'un discours de la veille ou bien du lendemain?
Ce n'est point là l'amour qu'une femme réclame.

HENRI.

Hélas! mon cher ami, je l'ai compris trop tard.

ÉMILE.

Reviens, reviens à nous, mon ami, sans retard,
Ma maison t'appartient, daigne en faire la tienne.

HENRI.

Quoi!... ta femme accueillir, Émile, un malheureux!...

ÉMILE.

Berthe?... je la connais : que rien ne te retienne,
Je m'en vais la chercher, et, quand nous serons deux,
Si tu...

HENRI.

Non, non, attends.

ÉMILE.

Allons donc, du courage.

HENRI.

Si j'osais!

ÉMILE.

Ose donc, et chasse le nuage
Qui vient au bon moment s'abattre sur tes yeux,
Il suffit de vouloir, souvent, pour être heureux.
A quoi donc penses-tu maintenant?

HENRI.

Ah! je pense!...
Te souvient-il encor des jours de notre enfance?

ÉMILE.

La joie et la douleur, tout était en commun.

HENRI.

Si je souffrais, ton cœur apaisait ma souffrance.
Adorable amitié! quelle est ton influence!...
Double soit le plaisir, puisque je t'en fais un.

Décembre 1869. — Janvier 1870.

TROISIÈME CONFIDENCE

CŒUR BRISÉ

Maintenant que je suis brisé, que la misère
A sur mon triste front appesanti ses doigts,
Que je n'ai plus d'enfant pour fermer ma paupière,
Plus d'amis pour coucher mon corps au cimetière,
De femme pour jeter un lambeau de prière,
Et graver ses regrets sur une croix de bois...
Plus de ces rêves d'or qui vous disent : « Espère »;
Je vous raconterai mes beaux jours d'autrefois,
Mon bonheur et sa chute. Ah! si la plainte amère
Vient mêler, par instants, son cri rauque à ma voix,
Pitié, je souffre. Ah! la douleur, comme un ulcère,

A rongé, dévoré mon cœur. Morte est ma mère,
Elle qui me venait consoler autrefois.
Pitié! pitié! le ciel est pour moi si sévère!
Je pleure, oh! pardonnez à la douleur d'un frère.
Vous qui croyez, songez à Jésus sur la croix.

Vous qui ne connaissez pas encor la souffrance,
C'est pour vous que je parle, enfants; puissent mes yeux,
Rougis par les leçons de l'âpre expérience,
Vous voir toujours le teint rosé, le cœur joyeux!
Cela repose un peu de trouver des heureux.

Puisse le souvenir de mes brûlantes larmes
Vous rendre à tout jamais le vice repoussant,
Le vice, qui paraît brillant de tant de charmes,
Pour nous clouer au cœur le remords écrasant!

Puissiez-vous, au récit de ma longue torture,
Redoubler la fureur de vos embrassements,

O vous, jeunes amants, orgueil de la nature,
Et sentir mieux le prix de vos enivrements,
Sachant ce qu'il en coûte à nos égarements!

Et vous qui dans l'orgie usez votre jeunesse,
Voyez où m'ont réduit vos semblants de plaisir;
Maudits, buvez-la donc la vie enchanteresse!
J'ai souffert, c'est à vous maintenant de souffrir.

Gorgez-vous, soûlez-vous et roulez dans la boue;
Quand vous serez tombés, je vous promets d'aller
Vous voir, et, sans mentir, vous frapper à la joue.
C'est lâche, mais je veux, lâches, vous imiter...

Je suis tombé jadis, on m'a jeté la pierre;
On a crié partout : Haro sur le baudet!
L'indulgence n'est pas votre vertu première.
Je saurai retourner contre vous votre trait.

Voyez-le, le Malheur à l'immense envergure,

Battant de l'aile, prêt à s'abattre sur vous;
Je vais donc rire, la curée est de nature
A réjouir un cœur déchiré par vos coups.

Que dis-je, hélas! moi, rire! Ils n'avaient pas vécu
Ces enfants qui crachaient l'insulte à ma souffrance;
L'expérience seule enseigne l'indulgence :
Pardonne-leur, mon cœur, car ils n'avaient rien vu.

Quand par eux ils sauront que l'homme est misérable,
Qu'il suffit d'un caillou pour le faire tomber,
Pour qu'il soit bafoué, d'une femme coupable;
Quand ils auront besoin d'une main secourable,
Entraînés dans l'abîme, afin d'en réchapper,
Peut-être admettront-ils que l'on soit charitable.

C'est à ce prix, grand Dieu! que doit être acheté
Le droit d'avoir au cœur un peu de charité.
Pitié pour eux, Seigneur; pitié, mon Dieu, pitié!

Je me suis marié, comme on fait aujourd'hui,
Sans amour, sans jeunesse, à trente ans, et sans bruit;
Fuyant avec ma femme, au sortir de l'église,
Paris, où la vertu n'est pas de bonne mise;
Emportant avec moi les malédictions
Des femmes qui vivaient de mes profusions;
Las, dégoûté de tout; laissant, dans chaque chambre
Où je m'étais grisé dans les senteurs de l'ambre,
Un grain du chapelet de mes illusions.
Et cependant, parmi mes aberrations,
Quoique j'eusse ébranlé ma croyance en la femme,
Je sentais remuer dans le fond de mon âme
Un reste encor vivant de cette sainte foi
Qui fait que l'on dit : « Elle, » et qu'on ne dit plus : « Moi, »
Un rayon presque éteint de cette blanche étoile
Qui sur les flots d'azur nous lance à pleine voile,
Et fait qu'on se battrait à mort pour un baiser;
Pour un baiser de femme, on se ferait tuer.
Ainsi, plus d'une fois, trompé par l'apparence;
En amour, n'ayant fait jamais que pénitence;
Sur les terres d'autrui souvent ayant glané,
Et sachant à quel taux l'on peut être adoré;

Craignant d'être trompé, comme beaucoup des nôtres;
Percé de mille traits que j'avais faits aux autres;
En tout homme voyant l'étoffe d'un voleur
Prêt à venger la femme en m'arrachant l'honneur;
Pas assez ingénu pour avoir confiance,
Pas assez corrompu pour que l'insouciance
Pût me boucher les yeux; n'ayant pas ce qu'il faut
Pour trouver le remède, ayant vu le défaut;
Torturé dans le cœur par mon expérience;
Puni d'avoir grimpé sur l'arbre de science,
Sans tarder d'un instant, j'allai prendre le train
Pour dérober ma femme à l'amour du prochain.

Il m'en souvient encor, de funèbres tentures
Encadraient la maison comme nous en sortions.
A la porte, attendait un mort, et les voitures
De deuil portaient mon chiffre à tous leurs écussons.
Si nous étions au temps des superstitions,
J'en aurais pu former de tristes conjectures;
Mon malheur eût daté de mes prévisions.

Je me souviens aussi de la locomotive
Qui poussa dans les airs un cri si déchirant,
Que ma femme, soudain tremblante et convulsive,
Se pressa contre moi. La raison m'inspirant,
Je lui fis en trois points un discours rassurant;
Je pourrais le placer ici, mais je m'en prive :
Assez de sot bétail se cite en s'admirant.

Nous partîmes. C'était le soir; dans le wagon
Nous étions seuls. Parfois, sous la pâle lumière,
Je voyais scintiller au bord de sa paupière
Une larme versée en pensant à sa mère,
Et qu'elle me voulait cacher sous sa fanchon.

Comme j'étais rêveur : « Qu'avez-vous? me dit-elle,
« N'êtes-vous pas heureux de vous voir avec moi? »
Et puis bien bas, tout bas, en roulant sa dentelle :
« Je pleure, ah! ce n'est pas d'être seule avec toi! »

Elle était si jolie, avec son doux sourire

Et les larmes aux yeux! Je lui pressai la main,
Et puis je m'enfonçai dans mon coin, sans mot dire,
Et, prenant mon journal, je me mis à le lire,
Quand je sentis son pied se rapprocher du mien.

Se sentir caressé d'un petit pied de femme!
O mystères du cœur par le pied révélés!
Et l'on voit, sainte horreur, des estomacs sans âme
Ne se passionner que pour les pieds truffés!

Convenez-en pourtant, le pied vaut bien la main
Pour confier au cœur ce que le cœur avoue;
Le pied marche de pair avec le cœur humain;
Il brille sous la soie et traîne dans la boue.

Je ne le cache pas, c'est en voyant son pied
Que je fus pris d'amour pour une Caroline,
Celle pour qui, plus tard, je me suis oublié.
Le pied porte plus loin qu'on ne se l'imagine,

Et tout le mal nous vient d'une race féline,
Qui nous brûle d'amour de toute antiquité.

Adam fut condamné, pour une peccadille,
Rien qu'aux travaux forcés à perpétuité;
Et nous, les descendants de sa grande famille,
Nous pleurons sans répit sa curiosité.

Il faut tout dire aussi, c'était le premier homme;
Avant celui-là, Dieu n'en avait jamais fait.
En créant l'homme à son image, Dieu pensait
Avoir exécuté quelque ouvrage parfait.
Aussi fut-il très-dur au sujet de la pomme.

Depuis quatre mille ans et plus qu'il nous voit faire,
Son œil doit s'être fait à la perversité;
S'il avait à punir un autre téméraire,
Vous n'attendriez plus tant de sévérité.

Vous vous trompez vraiment; sa main impitoyable

Nous fait pleurer encor tous les jours de ses coups;
Elle frappe, elle tue, et son âpre courroux
Sur les Adams du jour s'abat inexorable.

Dieu cruel! c'est ainsi qu'à travers tous les temps
Tu frappes sans relâche au cœur de tes enfants.
L'homme, ton œuvre, l'homme, un vil morceau d'argile,
N'a pas contre les siens tant d'animosité :
Il est père avant tout, et cette âme si vile
Les excuse toujours de leur fragilité.
Si sévère qu'il soit, un père est toujours père;
Faut-il que l'homme soit plus généreux que toi?
Il pardonne à ses fils, et Dieu les exaspère!
Et tu les frappes tous à mort, juge sévère,
Parce que leur ancêtre a transgressé ta loi!
Mais songe donc, Seigneur, ce que c'est que de moi?

Tu veux que je sois fort, et tu m'as créé faible;
Tu veux que je sois sage, et tu m'as créé fou.
Est-ce que la colombe a la serre de l'aigle?

Est-ce que du taureau le mouton a le cou?

Tu m'as fait si chétif, qu'un souffle me renverse,
Si petit, que quatre ais me feront un cercueil;
Si tendre, qu'un fusil de sa balle traverse
Mon corps, et qu'un fleuret jette à bas mon orgueil.

Oh! mais, pardon, Seigneur, je te calomniais;
Non, non, je ne suis pas, ma foi, si misérable;
Tu m'as donné du cœur, et moi qui le niais!
Assez de cœur pour fuir une vie exécrable.

Dieu cruel! ta bonté, que des prêtres payés
Célèbrent chaque jour dans des chants de commande,
Compte les malheureux qu'elle a sacrifiés,
Et dis-nous sous quels cieux il faut que l'on se rende
Pour fuir tous ces flatteurs de tes iniquités.
Nous irons tous, oui, tous, déposer notre offrande.

Qui parle ici? qui donc a vomi le blasphème?

Qui de vous s'est permis d'insulter à mon Dieu?
Moi? vous m'accusez, moi! Votre zèle est extrême,
Messieurs; moi, blasphémer! c'est jouer trop gros jeu.
Moi, blasphémer! holà! fermez donc cette porte,
Elle me fait un froid! J'ai la fièvre; tâtez.
Moi, blasphémer! parbleu! la calomnie est forte!
C'est le chef ténébreux de l'impure cohorte,
C'est Satan qui maudit son Dieu; non, écoutez :
C'est le vent qui mugit, c'est la foudre. Tremblez :
Elle craque. Ah! moi, je n'ai pas peur; vous mentez!
Je ne tremble pas, moi; moi, je ne crains personne.
Riez donc, comme moi, de ce rire qui sonne,
Vous, les forts! Ils m'ont dit : « La raison t'abandonne. »
La raison! comme si l'homme la connaissait!
Écoutez; il pleut, le froid est vif, on frissonne.
Pleurez avec le ciel, pour que Dieu vous pardonne
Tout le mal qu'en vous amusant vous avez fait.
Priez : il en est temps; le glas funèbre sonne
Pour vous; oh! pas pour moi; je n'ai rien fait de mal :
Jurez-le comme moi. Je suis un animal
Bien pensant : Dieu m'a fait, messieurs, à son image,
Et m'a donné de quoi gouverner sans partage

Le monde; saluez! c'est moi qui suis le roi
Des animaux; il faut s'incliner devant moi.
Saluez. Un instant, messieurs, je me dérobe;
Tout roi qu'on est, il faut avoir sa garde-robe...
Confessez-vous; la mort est prête à vous saisir;
Les vers à vos dépens vont bientôt se nourrir.
Vous avez bien de quoi distraire quelques prêtres
Avec votre passé; confessez-vous, mes maîtres.
Un remède excellent que la confession!
On tue, on se confesse, et l'absolution
Lave tout, au prix d'un air de contrition.
Tel que vous me voyez, moi, j'ai tué ma femme,
Ça se voit, n'est-ce pas? mais j'ai lavé mon âme
Au confessionnal. Un tribunal infâme
M'a gracié. Pourtant, rongé par le remords,
Je voudrais, dans l'instant, compter parmi les morts.
Ils m'ont donc acquitté, tous ces jurés austères,
Maris intéressés contre les adultères;
Ils m'ont acquitté, ceux qui ne voyaient en moi
Qu'un défenseur public de leur douteuse foi.
Oh! ne me dites pas que l'âme est immortelle,
J'ai peur; la vie, hélas! est déjà si cruelle!

Rassurez-moi : j'ai peur de traîner le remords
S'il est une autre vie, après moi, chez les morts.
Oh! ma femme, pitié! du haut des cieux regarde
Comme depuis vingt ans la main de Dieu s'attarde;
Vois ce front sillonné, blanchi par les douleurs,
Et mes yeux desséchés et n'ayant plus de pleurs.
Si dans le repentir il faut verser des larmes,
Regarde : je n'ai plus même ces seules armes.
Non, non, tu n'étais pas coupable! C'était moi;
J'ai perdu ton amour en trahissant ma foi.
J'ai forfait à l'honneur, exposant ta faiblesse
A chercher un amant qui te tînt ma promesse.
Donc ils m'ont acquitté, ces juges comme il faut.
Lâches, vous m'auriez dû traîner à l'échafaud.
Le bourreau! le bourreau! Par pitié, prends ma tête,
Bourreau! mais prends-la donc, la chose est sitôt faite!
Coupe; cela ne fait pas de mal, et vends-la
A quelque étudiant qui la disséquera.
Je le vois, il s'apprête : il chauffe la marmite,
Ma tête bout! Ah! si c'était dans l'eau bénite!...
Et le sang qui dégoutte est lapé par un chien...
Et pourtant, j'étais né pour être homme de bien.

La foudre de son cœur s'éteignit dans les larmes,
Puis il reprit : Ma femme avait de rares charmes;
La nature, en s'aidant de l'éducation,
En avait presque fait une perfection;
Elle était en tout point digne de mes alarmes;
Vous pourrez en juger par ma description.

Mais non, je me tairai, car quoiqu'elle soit morte,
Je l'aime. Oh! ce n'est pas parce qu'elle n'est plus;
Bien que vers le passé notre désir s'emporte,
Et que les biens présents nous semblent superflus.

Je l'aime, et s'il fallait trait pour trait vous la peindre,
Si dans tout son éclat je vous la révélais,
Et que vous me fissiez le reproche de feindre,
Oh! pour vous, j'aurais plus de haine que jamais.

Si je vous racontais combien elle était belle
Quand le feu jaillissait de son regard vainqueur,

Vous me répondriez par un rire moqueur,
Vous, dont les femmes n'ont que la noire prunelle,
Le printemps sur la joue, et l'hiver dans le cœur.

Si je vous racontais combien elle était bonne,
Vous ne me croiriez pas, vous qui n'en connaissez
Pas une qui jamais n'ait fait pleurer personne,
Et n'ait à son mari fait payer ses péchés.

Et pourtant, quand son pied se rapprocha du mien,
Je me mis à penser au pied de Caroline,
Que je me rappelai plus petit que le sien;
Caroline, madame, était une cousine.
Durant toute la nuit, je rêvai Caroline.

Sans doute, il m'arriva de prononcer son nom
En rêvant; c'est plus tard que j'en eus la nouvelle,
Quand ma femme, un matin, en me cherchant querelle,
Me rappela d'abord notre nuit en wagon.
Triste époque où naquit notre brouille mortelle.

Je vous dirai d'abord ma transformation,
La gaîté de ma femme et sa douce influence;
Bonheur sitôt perdu, pour ma punition.
Je crois me souvenir d'un rêve, quand j'y pense.

Comme l'aurore boit les vapeurs du matin,
Son sourire eut bientôt dissipé mon chagrin.
Nous restâmes six mois cachés à la campagne,
Et seuls avec l'amour que la joie accompagne,
Rarement visités par quelque châtelain
Qui nous portait envie et passait son chemin;
Nous perdant tout le jour sous les voûtes obscures
Des grands chênes discrets, aux immenses ramures;
Ou bien nous égarant dans les petits sentiers,
Où nous effarouchions, au bruit de nos baisers,
Le rossignol joyeux et les blanches colombes.
Semblables aux oiseaux qui chantent près des tombes,
Nous ne nous doutions pas qu'en un jour de malheur,
Nous verrions tout d'un coup crouler notre bonheur.
Bien souvent à cheval, courant à l'aventure,
Nous arrêtant devant une pauvre masure,

Il fallait demander une tasse de lait
Pour avoir un prétexte à placer un bienfait.
Lorsque j'apercevais une fleur printanière,
Vite, pour la cueillir, je mettais pied à terre,
Demandant en retour un baiser généreux :
Elle se dérobait pour que j'en prisse deux,
Mettant à son corset les pâles violettes,
Et devisant d'amour avec les pâquerettes.
Nous rentrions le soir, quand la nuit nous chassait;
Dans l'ombre je sentais son bras qui me pressait,
Et son pas s'allongeait pour arriver plus vite,
Comme si quelque esprit nous eût fait la poursuite.
Et j'allais lentement, m'amusant de sa peur,
Pour sentir plus longtemps sur moi battre son cœur.
Souvent, après dîner, nous allions au village.
Nous aimions des enfants entendre le ramage,
Et nous passions toujours par chez quelque indigent
Où ma femme, au départ, oubliait quelque argent;
Et quand son cœur avait dévalisé sa bourse,
Elle venait à moi pour puiser à la source.
Elle me souriait en me tendant la main,
Elle me souriait pour un morceau de pain ;

Et la douleur brillait au bord de sa paupière,
Comme si leur misère eût été sa misère.
Elle ne consultait que les instincts du cœur,
En voulant avec eux partager son bonheur;
Et lorsque j'accordais l'aumône à sa prière,
Sa joie illuminait la plus sombre chaumière.
Il arrivait parfois, assise au coin du feu,
Que chez ses préférés elle jasait un peu;
Et lorsqu'un nouveau-né pleurait dans la famille
On me faisait parrain, si c'était une fille,
Ma femme préférant de beaucoup les garçons,
Parce que les garçons sont bien plus polissons.
Pendant que j'écoutais les longues doléances
Du père sur son champ dépourvu d'espérances,
Elle faisait sauter l'enfant sur ses genoux,
Et ses yeux semblaient dire : « Ah! s'il était à nous! »
Et l'enfant lui riait, tant ses yeux étaient doux.
Un soir, nous revenions de voir une accouchée,
Ma femme me donnait le bras, tête baissée;
Nous marchions en silence, et tout près du chemin
La fauvette chantait ses petits du matin.
Ma femme se penchant alors à mon oreille,

Me dit : « Dans quelque temps, tu me verras pareille
A cette heureuse mère, et j'aurai mon enfant,
Je chanterai comme elle. Ah! je l'aimerai tant! »
Et puis, elle me fit un brin de confidence...
Ah! comme je l'aimais avec son espérance!
Nous rentrâmes contents d'avoir fait des heureux,
Et d'avoir un enfant à gâter à nous deux!

Et cependant parfois, dans le fort de ma joie,
Un spectre me fixait comme on fixe une proie;
Mon oreille tintait au seul son de sa voix
Comme au tumulte affreux de mes jours d'autrefois,
Et j'entendais crier comme une voix de femme
Qui me redemandait le meilleur de son âme.

Mais j'abrége... le front me brûle au souvenir
Des rapides malheurs qui s'en vont survenir.
Un soir que nous étions rentrés dans notre chambre,
— Il faisait froid, c'était vers la fin de novembre, —
Un domestique vint brusquement m'annoncer
Qu'un voyageur tardif me faisait demander.

Je descends; je revois un ami de collége,
Un de mes vieux amis; je l'aimais... mais j'abrége,
Car il était de ceux qui ne sont plus heureux
En voyant des amis qui le sont, autant qu'eux.
C'est lui qui rappela mes anciennes faiblesses,
En me vantant le temps où l'on a des maîtresses;
C'est lui qui me ravit, au seul son de sa voix,
Dans le tumulte affreux de mes jours d'autrefois;
C'est lui qui, raillant ceux qui sont dans l'esclavage,
Me fit reprendre goût pour le libertinage;
C'est lui qui, ravivant dans mon cœur le poison,
Me fit fouler aux pieds l'amour et la raison.
Pourtant, c'était à moi d'être plus raisonnable,
Et de ne pas quitter une femme adorable.
Sous un prétexte vain je partis pour Paris,
Et, cherchant Caroline, enfin je la revis;
Je ne sais pas par qui ma femme en fut instruite,
Mais elle sut bientôt mon ignoble conduite;
J'en eus honte, et, fuyant une explication,
L'amour-propre me fit déserter la maison.

Mais j'y revins bientôt. Hélas! la jalousie

A jeté pour jamais un crêpe sur ma vie.
Des gens officieux disaient que mon ami
Voyait souvent ma femme, et qu'il m'avait trahi.
Je revins..., je le vis tout seul avec ma femme,
Et je le provoquai... Dieu veuille avoir son âme!
Je l'ai tué. Pourtant il était innocent.
Ma femme, elle, mourut bientôt en accouchant;
La honte, la douleur, l'amour et le scandale
L'avaient frappée au cœur. La nature fatale
A fait le reste. Oh! Dieu, je suis fou maintenant.
Ma femme..., riez donc..., m'a tout dit en mourant :
« Lui qui, sans le vouloir, avait fait la discorde,
« Il voulait à tout prix ramener la concorde. »

Il ne me restait plus dans mon délaissement
Qu'un fils, et je l'aimais, ce fils, éperdument.
On a dit à mon fils les fautes de son père,
Et le fils a quitté l'assassin de sa mère.
Il a bien fait! Mon Dieu, daignez guider ses pas;
Si mon fils est heureux, je ne me plaindrai pas.

Octobre-novembre 1869.

QUATRIÈME CONFIDENCE

DANS PARIS

Avez-vous vu jamais une charogne impure
Ruisseler au soleil de vers gras et nacrés,
Les corbeaux se ruer sur cette pourriture,
Et gorger en chantant leurs jabots altérés?

Avez-vous vu, vous qui cherchez les belles choses,
Des chenilles porter la désolation
Sur un buisson de fleurs, cependant que les roses
Répandaient leurs parfums sur la corruption?

Avez-vous admiré la vermine vorace,
Au corps huileux, au ventre rond, au doigt crochu,
Suçant et viciant un sang de bonne race?
Avez-vous jamais vu Paris? Avez-vous vu

Errer, quand vient le soir, à la lueur blafarde,
Des fantômes brillants de soie et de bijoux,
Des femmes qui coudoient le passant qui s'attarde,
L'appellent « Mon amour » et lui font les yeux doux?

Avez-vous jamais vu cette place à la viande,
Où la lubricité se vend au plus offrant,
Repaire des gandins que le vice affriande,
Et des vieux éreintés qui payent grassement?

Allez! il faut la voir, cette longue séquelle,
Se traîner en râlant le long du boulevard.
Corps pourri maintenant, cette femme fut belle;
Voyez où l'a conduite un amour de hasard,

Cette reine d'un jour, cette femme superbe,
Dont on était si fier d'être l'adorateur!
Telle mourante, un jour, penche la tête, l'herbe
Qu'un sirocco brûlant dessèche jusqu'au cœur.

Voilà la femme que mainte femme du monde
Enviait en secret, tout haut la méprisant;
Voilà la tête dont la chevelure blonde
A fait d'un perruquier un richard imposant!

Elle cherche à présent un peu de nourriture,
Et se donne en retour. Elle fait bon accueil
A celui qui le mieux prépare la pâture
Aux vers de son cercueil.

C'est là qu'iront puiser l'infâme maladie
Des enfants qui n'ont pas de duvet au menton.
Pauvres enfants! c'est là qu'iront baiser leur agonie
Des libertins usés, qui sont dans le bon ton.

C'est de là que naîtront les douleurs des familles.
La femme, jeune et fraîche, en aimant son mari,
Transmettra dans son sang, à ses fils, à ses filles,
Un mal dont son beau corps est à jamais flétri.

C'est là qu'iront puiser à la même gamelle
Ces fameux dégoûtés d'un verre mal rincé,
Dont la lèvre, à l'aspect d'une vieille semelle,
Se plisse, dédaigneuse et belle de fierté,
Et qui, sur une bouche où la foule a bavé,
S'en vont boire la peste avec la volupté.

Enfants défectueux d'un monde de débauche,
C'est de là que vous vient le mal dont vous souffrez,
Vivants remords de ceux que le plaisir embauche,
Ce plaisir tant vanté qui fait que vous pleurez.

Enfants, vous qui payez les fautes de vos pères,
Ne multipliez pas votre corruption;

Enfants des sombres nuits, aux lueurs passagères,
Où, dans les appétits de l'incarnation,
Vos pères ont vomi leur expiation,
Vous ont faits, ne voulant que jouir de vos mères,
Et ne trouvant en vous qu'une dérision.

Ne vous mariez pas. Pourtant, s'il faut le faire,
S'il vous faut une dot, enfants, mariez-vous;
C'est bien le moins : qui veut l'étude d'un notaire
Doit s'acquitter en bloc en concluant l'affaire,
Et chercher avant tout une riche héritière.
Si vous voulez calquer ce que l'on fait chez nous,
Soyez moins scrupuleux, enfants, mariez-vous.

Si vous êtes enfin débordés par la dette,
Si vous voulez chasser les dévorants limiers,
Jetez-leur en pâture une dot rondelette;
Mariez-vous, enfants, contre vos créanciers.
Mieux vaut voler un cœur qu'enrichir les huissiers.

Eh! mariez-vous donc : l'occasion est bonne

De vous venger un peu de la société;
Mariez-vous, afin que votre femme donne
A ses amants le prix de leur fidélité.

« A ses amants! » — Monsieur! je n'insulte personne.
Ne vous récriez pas si fort pour « ses amants. »
Fouillez votre passé : votre bouche frissonne
Encore au souvenir si cher de vos vingt ans.

Vous souriez! Votre œil semble suivre des ombres
Rayonnantes d'amour, sous un ciel enchanté.
Vous souriez! mais, las! pourquoi ces regards sombres?
Votre œil sur un cadavre est-il donc arrêté?

Ah! vous ne voulez pas qu'on sache vos fredaines?
Ce serait faire tort à votre autorité.
On n'excuse, il est vrai, de fautes que les siennes,
Et vertu n'est jamais que vice déguisé.
Je vous comprends : il est à propos de paraître

Plutôt que ce qu'on est ce que l'on devrait être.
Ce serait par trop sot, quand on est vicieux,
De ne pas se donner pour être vertueux;
Et comme l'on est pris pour ce que l'on se donne,
Il faut vous montrer sous une apparence bonne.

Vous, là-bas, vous avez eu jadis des maîtresses,
Vous avez bien un jour fait pleurer vos parents,
Des femmes vous avez essuyé les caresses;
Alors, vous compreniez que l'on eût des amants.
Vous n'étiez pas fâché de trouver votre vie,
Alors que vous étiez plus jeune; mais depuis
Que par les froids d'hiver votre âme est attiédie,
Vous êtes devenu prude, monsieur; tant pis!
Si vous étiez plus jeune, ou bien femme jolie,
Vous n'auriez pas, pour sûr, d'amour tant de mépris,
Et vous m'avez tout l'air des vieilles converties
Dont Satan ne veut plus, comme trop décaties.

Vous dites? — Ah! vraiment!... je ne m'en doutais pas,

Vous êtes marié!!! je parlerai plus bas.
Mais où donc ai-je vu votre figure blême,
Avec ces yeux cavés et ce teint de carême?
Je m'en souviens, parbleu! c'est vous, c'est bien vous-même!
Ne craignez rien, monsieur, je parlerai tout bas;
Votre femme, d'honneur! ne nous entendra pas.
C'est vous, vous qui faisiez si joyeusement gras,
Ce vendredi dernier, à la Maison-Dorée,
En compagnie, hélas! tant soit peu délurée.
Rassurez-vous, monsieur, je parlerai si bas
Que vos enfants, non plus, ne nous entendront pas.
Vous êtes du bon goût, elle était fort jolie
Votre petite femme, et dans le paradis
De Mahomet je crois qu'elle ferait furie,
Et tournerait la tête aux plus sages muphtis.
Je trouve cependant qu'elle n'est pas polie :
Vous l'embrassiez souvent sur la bouche, et toujours
Un mouchoir clandestin essuyait vos amours.

Que voulez-vous, mon cher, l'amour devient si rare!
Il faut se contenter de ce qu'on peut trouver;

Dès que femme paraît, l'intérêt s'en empare;
La vanité, l'orgueil, viennent la débaucher,
Et les mauvais conseils sont là pour la prêcher.

On se vend pour avoir une robe de soie;
On se vend à l'amant d'une femme qu'on hait;
On se vend pour quitter un mari qui déplaît;
On se vend pour passer tout son temps dans la joie;
On se vend pour ne faire œuvre de ses dix doigts;
On se vend pour avoir un oiseau dans sa cage;
On se vend pour sortir d'un pénible esclavage;
On se vend quand la faim vous réduit aux abois.
Vous voyez qu'au marché l'on peut trouver du choix.

Pourtant, aimez-la bien votre petite femme,
Entretenez-la-moi tant que vous le pourrez;
Je serai trop fâché quand vous vous brouillerez;
Car elle a, voyez-vous, si grande bonté d'âme
Que je vais, tous les jours, me chauffer à la flamme
Du bois que pour l'hiver vous-même vous payez.

Et, l'autre soir, pendant que vous vous morfondiez
A la porte, vraiment, mon bon, vous m'amusiez;
Je riais au carreau de votre amour infâme,
Et j'embrassais souvent votre petite femme.

Ne vous emportez pas, monsieur, cela n'est rien;
On fait la charité quand on est bon chrétien,
Et mieux vaut, cher ami, que ce soit moi qu'un autre;
Je suis sain : ma santé ne peut nuire à la vôtre.
Au fond, convenez-en, vous n'êtes pas fâché
Que j'aie apprécié votre félicité.

Quand j'eus ainsi parlé, mon homme prit la fuite
Et je ne le vis plus; mais j'appris dans la suite
Qu'ayant cru mot pour mot tout ce que j'avais dit,
Il avait déserté sa maîtresse et son lit,
Et s'étant, au hasard, muni d'une autre femme,
Il s'était brûlé l'aile à sa nouvelle flamme.

A peine un an après, il était mort; le mal

L'avait tué ! Sa femme, elle, était au plus mal,
Et ses petits enfants, en embrassant leur mère,
Avaient bu le poison qui leur tuait leur père.

De même que l'ivrogne, au vin accoutumé,
Il avait des plaisirs une longue habitude ;
Il n'avait jamais su détruire avec l'étude
Un besoin qu'en son cœur il avait implanté.

Il était de ces gens dont le palais blasé
Ne se contente plus de ce qu'un cœur vous donne ;
Il fallait, pour son goût, un amour épicé.
Le pauvre homme en est mort, que le ciel lui pardonne !

Il est mort, et le jour de son enterrement,
Au moment où le deuil passait sur la chaussée,
Je le vis traversé par un coupé charmant.
Une femme y riait à gorge déployée.
C'est elle ! je l'ai vue à la Maison-Dorée,

Cette femme ! Le jour de son enterrement,
Elle se consolait avec un autre amant.

Septembre 1869.

AU LECTEUR

Lecteur, si tu ne vois rien de bon dans ce livre,
Lis dans l'humanité; puis dis ce qui vaut mieux :
L'original ou bien le portrait que je livre
Du cœur de ton voisin à ton cœur vertueux.

Peut-être trouves-tu que je suis bien sévère,
Et que pour être tel, il faut être parfait;
Hélas! j'ai fait souvent ainsi que je vois faire,
Et cela m'a causé plus d'un amer regret.

Si, plus tard, excusant les pratiques du monde,
A l'âge où les cheveux commencent à blanchir,

Je suis loin de trouver notre nature immonde,
Conclus-en seulement que j'aurai dû vieillir.

De même que notre œil s'accoutume aux ténèbres,
De même notre corps s'accoutume au poison,
Et le cœur peut se faire à ces pompes funèbres
Où l'on voit tous les jours enterrer la Raison.

Lecteur, si tu ne vois rien de bon dans ce livre,
Sois indulgent, pour moi, je n'ai pas vingt-trois ans;
Sachant à peine encor ce que c'est que de vivre,
Mon œil n'est pas encor fait à tes errements.

22 février 1870.

TABLE

FIN DE LA TABLE.

PARIS. — J. CLAYE, IMPRIMEUR, 7, RUE SAINT-BENOIT. [95]

www.ingramcontent.com/pod-product-compliance
Ingram Content Group UK Ltd.
Pitfield, Milton Keynes, MK11 3LW, UK
UKHW031902260826
14628UKWH00002B/938

9 782019 259075